カツベン!

青木館

青木館

夢の
活動大寫眞

カツベン!

カツベン！

片島章三

朝日文庫

本書は、二〇一九年十二月十三日公開の映画『カツベン!』の脚本をもとに小説化したものです。小説化にあたり、変更がありますことをご了承ください。

カツベン！——目次

かつて映画はサイレントの時代があった
しかし日本には
真のサイレントの時代はなかった
なぜなら
「活動弁士」と呼ばれる人々がいたから

映画監督　稲垣　浩

カツベン！

編集協力　安倍晶子（安倍企画）

第一巻　俊太郎少年、運命の人と出会う

「俊太郎《しゅんたろう》、ちょっと待ってぇな」

大柄でずんぐりしたタダシが、背後から息も切れぎれに声をあげた。

「早《は》よ行かな、種取《たねと》り終わってまうで！」

俊太郎はスピードを落とさぬまうしろに目をやった。

「兄ちゃん、種取りって……なに？」

タダシのうしろをよたよたとついて走るキヨシが尋ねた。タダシをそのまま小さくしたような、顔も体型もそっくりな弟である。さらにそのうしろを、キヨシの愛犬クマがついてくる。全身真っ黒な毛でおおわれ、飼い主同様でっぷりと肥えた中型犬だ。

「なんぞ、うまいもんに決まってるやろ」

苦しげなタダシの顔が一瞬、期待に輝いた。

「そうか！　甘いもんやろか？」

キヨシも満面の笑みを浮かべる。

俊太郎はたまらずうしろを振り返った。

「食いもんちゃうわ、活動写真撮ってんのや」

「はぁ!?……なんや、食いもんちゃうんかぁ……もう、あかん」

そう言うとタダシはその場にくずおれた。続いてキヨシも「わしも、あかん……」と、兄の隣で大の字に伸びた。

俊太郎は小さく舌打ちして、竹林の根もとに転がる二人のもとへ引き返した。竹の葉がざわめく秋空のはるか遠く、トビが鳴いている。


大正四年、京都府伏見町《ふしみちよう》。

この町で生まれ育った染谷《そめや》俊太郎は、尋常小学校の四年生である。古くから水運の拠点として栄えた土地は、良質な地下水に恵まれて諸産業が発達し、ほうぼうに神社仏閣が点在していた。

この町はずれに、本願寺《ほんがんじ》と呼ばれる寺がある。たいそうな名前とは裏腹に、今にも崩れ落ちそうな荒れ寺だった。

俊太郎は、いっこうに見えてこない寺の方向に目をやった。すっかりふてくされた様子のタダシに、俊太郎はもどかしげに声を投げた。

「そんなんしとってええんか？　松之助《まつのすけ》がいてんのに」

するとタダシはがばと身体を起こし、小さな目を精一杯見開いた。隣のキヨシも目を丸くしている。

「松之助⁉　松ちゃんか？」

「うん」

「ほんまか‼」

「ほんまや」

「なんや、早よ言わんかい‼」

はじかれたように起きあがったかと思うと、タダシは猛然と駆けだした。

〝種取り〟とは映画の撮影、つまりロケーションのことである。

撮影しただけではまだ映画ではない。撮った画《え》のなかから必要なものだけをシーンの順番につなぐ。つまり〝編集作業〟を経て、初めて一本の映画となる。

いわば撮影は〝素材集め〟である。当時もそのような意味で〝種取り〟と呼んだのであろう。

やっとの思いで寺にたどりついた俊太郎と兄弟は、雑木林を抜けようとして足を止めた。太い木の陰に誰かいる。あでやかな衣装をつけた武家娘だ。木に向かってうつむく女に目をこらし、タダシと俊太郎はほぼ同時にうめいた。

「おい、見てみ！　なんやあれ」

「……お、女が立ち小便しよる！」

あっけにとられ立ちつくしていると、気配に気づいたのか、女が突然振り返った。

「なに見てんねや、あっち行かんかい!!」

女が男のような野太い声で威嚇《いかく》した……と思ったら、よくよく見るとゴツゴツした顔一面に白塗りをした正真正銘の男だった。

「うわぁ〜!!」

三人は飛びあがると、われ先にその場から逃げだした。

崩れかけたお堂の前は黒山の人だかりだった。のんびりと煙草《たばこ》をふかす男たちや、じっと目をこらして見つめる女たちの向こうから、「えい」「や！」「とう!!」という勇ましいかけ声だけが聞こえてくる。

三人が急いで人垣をかきわけ先頭に顔を出すと、相撲の土俵くらいの広さがひらけ、そこで一人の侍が息杖《いきづえ》で向かってくる駕籠《かご》かき相手に立ちまわりを演じていた。

「種取りや!!」

「おぉ、ほんまにやっとる！」

箱のような四角いかたちをしたカメラの近くには、ネクタイを締めベストにズボンというしゃれた格好の、五、六人の男たちがいた。真剣なまなざしで役者の動きを見つめているから、種取りの関係者に違いない。

活動写真撮っとるところが見られるなんて、ツイとるわ……俊太郎の鼓動は痛いほど高まった。

「……せやけどあの侍、ほんまに松ちゃんか？　ちっとも目玉、大きゅうないやん」

タダシがつぶやいて、不満そうに横目で俊太郎を見た。せっかく誘ってやったのに、と腹が立ったが、そういわれると不安になってくる。

……活動写真や雑誌で何度も見た松之助は、たしかにもっと目玉が大きかったような。

「なんや、ニセモンとちゃうんかぁ⁉」

タダシがすっとんきょうな声をあげた。緊張が解けて、群衆から笑いが漏れる。するると、カメラの横で仁王立ちしていた男がさっと振り返った。薄茶の羽織袴《はおりはかま》に身を包んだ男は、持っていたメモ書きの束をぎゅっと握りしめると、いらだった顔で群衆をにらみつけたのだった。

この男こそ、のちに〝日本映画の父〟と謳《うた》われた監督の牧野省三《まきのしょうぞう》である。経営する芝居小屋で流行《はや》りの活動写真をかけていたのが縁で、興行師から映画製作を依頼されたのが始まりだった。

その牧野とコンビを組んでいたのが〝目玉の松ちゃん〟こと尾上《おのえ》松之助。旅役者だった松之助を座頭として迎え入れ、映画に起用してみると、たちどころに人気者となった。以来、多いときは毎月九本のペースで撮り続け、コンビを組んでいた十二年の間に、数百本もの映画を撮ったという。

松之助は生涯で千本以上も主演作があるといわれるが、フィルムはほとんど現存していない。目をむいて見得を切るのが特徴で、〝目玉の松ちゃん〟と呼ばれ、特に子どもたちに大人気であった。

牧野は口をとがらせるタダシたちをにらんで舌打ちすると、立ちまわりへ視線をもどし、役者たちに指示を飛ばす。

「そや！　市之丞《いちのじょう》、そこでこっち向くんや！」

市之丞と呼ばれた侍姿の男は、駕籠かきが振り回す息杖を身軽にかわし、カメラをにらんで芝居がかった声を張りあげた。

「いーろーはーにぃ、ほーへーとぉ。ちーりーぬーるぅ、をーわーかぁ‼」

言い終わると男は、大きく目を見開いて見得を切る。俊太郎は思わず歓声をあげた。

「目玉の松ちゃんや‼」

「こら！　そこ、静かにせい!!」

突然、警察官が人垣から顔を出し、ジロリとにらみつけた。

長身でいかつい顔の、たしか木村《きむら》というこの警官は、活動写真が大好きなことで知られていた。まだ二十代なかばのぺえぺえだから、おもな仕事といえば俊太郎たちが住まう界隈《かいわい》の巡回なのだが、やけに芝居小屋の周りでばかり姿を見かける。今日も仕事を放り出し、頼まれてもいないのに見物人の整理をしていたのであろう。

「そこに、お菊《きく》入った!!」

監督の鋭い声がして、皆が口をつぐんだ。

牧野に呼ばれ、武家娘が群衆をかきわけて駆けこんでくると、市之丞にひしとすがりついた。

「よーたーれーそぉ、つーねーなーらーむぅ！」

市之丞の胸に顔をうずめイヤイヤをするように甘えてみせる娘は、先ほど立ち小便をしていた男であった。

「あっ、あいつや!!」

タダシが指をさした。

そうだった、活動写真は女の役を男がやるんだった。それにしても、もっとましな役者はいなかったのだろうか……くねくねと身体を揺するお菊を見て、俊太郎たちはたまらずゲラゲラ笑った。周りの子どもたちもつられて笑いはじめる。

「やかまし言うとるやろ！　邪魔や。おまえら早よ去《い》ね!!」

木村は眉をつりあげてどなった。もはや誰よりも迷惑の張本人である。

ぷっとほおをふくらませたタダシは、ふいに目を輝かせるとキヨシに目くばせした。

キヨシも心得たもので、腕にかかえたクマを軽く揺らしてにやりと笑ってみせる。

迷惑そうに木村をにらんでいた牧野監督は、なんとか自制心をとりもどした様子で役者たちに向きなおった。

「ほい、今や！　駕籠かき、出てこんかい!!」

牧野の合図でお堂の扉が開くと、刀を持った大勢の駕籠かきたちが飛び出してきた。

すると突然、男たちの足もとに黒い影が転がりこんだ。キヨシが放したクマが、大喜びで駕籠かきたちの周りをグルグルと走りはじめたのだ。

「なんやて!?」

闖入者《ちんにゅうしゃ》を捕まえようと牧野はとっさに一歩踏みだし、ぴたりと足を止めた。回し続けているカメラの前に飛び出すわけにはいかないのだろう。そのまま地団駄《じだんだ》を踏む。

「ああ、もう！」

「こらっ！　またおまえらか！　もう堪忍《かんにん》せんぞ!!」

木村が躍りあがって子どもたちに突進した。ついに怒りを爆発させた警官に、俊太郎らは算を乱して逃げだした。

「待てぃ!!」

木村もすぐに子どもたちを追い、木立に突入する。

群衆のざわめきが収まらない撮影現場では、牧野が周囲を見わたすと、ひとつ深いため息をついた。

「もう……かまへん。時間ないんや。そのまま続けて……」

三日で一本のペースで撮影していた牧野には、文字どおり時間がなかった。

この当時は録音装置がなかったため、役者は台詞《せりふ》を覚える必要がない。監督のしゃべる台詞に合わせて口をパクパクさせるか、〝いろはにほへと〟など適当にしゃべっていればよかったのだ。

まだ歌舞伎の流れが強く、女の役もすべて男が演じていた。しかし大正七年に、帰山《かえりやま》教正《のりまさ》ら若い映画人が興した、欧米の映画を模範にした「純映画劇運動」を境に、やがて日本映画にも女優が起用されるようになる。

わくわくと種取りを見守っていただけなのに……警官の怒声を聞いて反射的に、栗原《くりはら》梅子《うめこ》はほかの子どもたちと一緒に雑木林に向かって駆けていた。つぎ当てだらけの着物に下草がぶつかる。

「なんで、うちが逃げなあかんのやろ……」

ばかばかしくなり、種取りの場にもどろうときびすを返したとたん、目の前に太い腕が現れて梅子を羽交《はが》い締めにした。

「いやっ、なに⁉」

「おらっ、捕まえたぞ！」

必死に見あげると、町でよく見かける若い警官だった。

「離して！　うちは邪魔なんかしてへんて‼」

「口ごたえすな！　さっさと去ね言うたやろ‼」

梅子は足をばたつかせて身をよじったが、木村はがっちりと梅子を抱きあげ、ますます締めつけた。

あかん。ジタバタしたら、また着物破いてお母ちゃんに怒られる……せやけど、苦しい……気が遠くなりかけたとき、ひゅっと小さく風を切る音が聞こえ、木村がびくっと眉間《みけん》に手をやった。

「痛っ、なんや⁉」

なにか小さなものが飛んできて当たったらしい。力がゆるんだのを感じ、梅子は下駄《げた》で警官のすねを思いっきり蹴とばした。

「あたーっ！」

木村は梅子を放り出して激痛にのたうちまわった。

そのすきに梅子は駆けだした……が、とっさのことで方向が分からない。息をはずませながらあたりを見まわすと、木立の陰から少年が手招きをしていた。

「こっちや！」

駆け寄ると少年は梅子の手を取り、脱兎《だっと》のごとく林の奥へと走りだした。


俊太郎は少女の手を引いて雑木林を抜け、古びたお堂の裏手に出た。やみくもに走るうち、もとの境内にもどってしまったようだ。

全速力のままお堂の角を回りこむと、突然、すぐ目の前に松之助と駕籠かきたちの姿が飛びこんできた。向こうでは監督がポカンと口を開けている。あろうことか二人は、撮影しているそのまんなかに入りこんでしまったのだ。

泡をくって方向転換しようとし、俊太郎はなにか柔らかいものに足をとられた。少女の手を握ったままバランスを崩し、二人はそのまま倒れこむ。

地面は意外にも柔らかく温かく、「ぐっ！」とくぐもった音をたてた。先ほど松之助に斬られ、倒れていた駕籠かき役の上に二人は倒れていたのだ。

「な、なんや、おまえら⁉」

駕籠かきは驚いて目を開けると、死体のふりを続けながらささやいた。

「なにしとんのや、早よどかんかい！」

「せやけど――」

俊太郎がそっとうしろを見ると、追ってきた木村がお堂の陰に身をひそめていた。俊太郎から二間《にけん》と離れていないところで立ちまわりが続いている。さすがの木村もカメラの前に足を踏みだすのは気が引けたようだ。いや、軽快な身のこなしでバッタバッタと悪人を倒す松ちゃんに見とれているだけかもしれない。

俊太郎は駕籠かきにささやき返した。

「今、悪いもんに追われてまして――」

「はぁ⁉　なんやて？」

すがるような子どもの目を認めると、駕籠かきは舌打ちした。

「もう……しゃあないな。このまま寝とき」

俊太郎は少女と顔を見合わせると、ホッとため息をついた。

とそのとき、カメラをのぞいていた撮影技師が空を見あげて叫んだ。

「あかん、曇ってしもた！」

空を見あげると、太陽は厚い雲に入っていこうとしていた。

「ああ、もう！」

監督が絶望的な声をあげ、役者たちに向かって叫ぶ。

「そのままや、動いたらあかんでぇ!!」

牧野の声で、箱から出ている取っ手のようなものを回していた撮影技師の手が止まり、役者たちもそのまま、ぴたりと動きを止めた。

――なんや知らんけど、今のうちや!!

少女に目くばせして身体を起こそうとして、俊太郎は後頭部をがっと駕籠かきに押さえられた。

「あほ、ジッとしとけ！　お日さんが出るまで動いたらあかんのじゃ」

「は、はい……」

俊太郎はまたおとなしく駕籠かきの上に伏せた。心配になって少女の様子をうかがうが、ただ不思議そうな顔で、止まったままの役者たちを見ている。

さっきは、木村に羽交い締めにされた少女を見て、とっさに足もとの木の実を投げつけた。あれはその場の勢いというのか、ほんのはずみだった。

俊太郎はあらためて、ふうっとため息をついた。

この時代のフィルムは感度が低く、晴れた日にしか撮影できなかった。

またフィルムは高価だったので、途中で曇ったからといって、最初から撮り直すことはしない。ストップモーションの状態で晴れるのを待つのだ。

撮影するカメラも、モーターがついておらず手回しだった。四角い箱のかたちをしたボディに取っ手を差しこんで回す仕組みで、この取っ手のことを〝クランク〟という。映画が撮影に入ることを〝クランクイン〟、すべて撮り終えるのを〝クランクアップ〟というのも、このクランクに由来している。

役者たちが動きを止め、数分が過ぎただろうか。

「そろそろやで！」

撮影技師がクランクに手をかけて、カメラを回す体勢になる。むっつりといすに座っていた牧野が、空を見あげて立ちあがった。

やがて雲の切れ間から日が差してきた――。

「よーし、みんなええか！　行くで！　おいっち、にの……」

監督は空を見て、目をしばたたかせた。人の気も知らず、雲がのんびりと去っていく。

「……にの、にの、にーの、さんっ‼」

監督のかけ声でカメラが回りだし、役者たちが再び動きはじめる。

俊太郎も少女の手を引いて立ちあがり、木村に背を向け駆けだした……つもりだったが、立ちまわりを再開した松之助の背中が突然目の前に立ちふさがり、よけるまもなく二人は主役にぶち当たった。突きとばされて、松之助が大きくしりもちをつく。

「あいたたっ」

ありゃぁ!!　近づくだけでおそれ多い松之助に、触れるのはおろか突きとばしてしまった。しかしおそれいっている暇はない。木村がお堂の陰から飛び出すのが見えた。

「す、すんまへん」

ペコリと頭を下げ、二人は再び林の中へと逃げこんだ。それを見た木村も、松之助たちを迂回《うかい》すると執拗《しつよう》に二人を追いかけてきた。

「待て、こらっ!!」

俊太郎は、子ども相手にそこまでむきになる木村のことがそら恐ろしくなってきた。どないしょう……。そうや！

俊太郎は突然立ち止まり、木村に向きなおった。

「どないしたん⁉　早よ逃げな！」

驚いた声を出す少女をチラリと見て手の先を「あっちへ行け」というふうにひらひらと振り、俊太郎は大声で木村に叫んだ。

「なぁんや、女追っかけまわして。おっさん、出歯亀《でばがめ》とちゃうかぁ⁉」

「なっ!!」

木村は立ちすくむと、見るみるうちに憤怒《ふんぬ》の形相になる。

〝出歯亀〟――七年前に暴行殺人で捕まった亀太郎《かめたろう》という男が出っ歯だったことから定

着した悪口だ。こう呼ばれたら「変態性欲をもつ卑劣な男」と面罵《めんば》されたに等しい。

「……なんやとぉ⁉　このガキ、もう堪忍せんぞっ！」

雄叫《おたけ》びをあげると、予想どおり木村は俊太郎目がけて突進してきた。俊太郎は、あぜんとして見つめている少女にまた手を振った。

「ほな！」

軽く片手を上げ、そのまま全力で逃げだす。

「うおおおぉ‼」

驚いて立ちつくす少女には目もくれず、木村は俊太郎のあとをどこまでもどこまでも追いかけていった……。


町を縦断する通りは〝大通り〟と呼ばれている。

大通りといっても、今なら二車線くらいのものである。小さな商店がごちゃごちゃ集まる、その中心あたりに「白雲座《はくうんざ》」という、明治の終わりに建てられた木造二階建ての芝居小屋があった。

ふだんは旅役者が芝居を打ったり、町内の芝居好きが素人《しろうと》歌舞伎をやったりしていたが、月に何回か活動写真の巡業隊がやってくると、即席の映画館となっていた。

俊太郎は大通りの十字路に向かっていた。白雲座の方向から聞こえる客引きの声に、おさえようもなく足が速まる。

「さぁ、これから始まる活動大写真。人の縁《えにし》が涙を生んだ豪傑無双《ごうけつむそう》の大剣戟《だいけんげき》は『後藤《ごとう》市之丞』。はたまた神の使いか猫の化身《けしん》、猫塚義忠《ねこづかよしただ》が極悪非道《ごくあくひどう》の化け鼠《ばねずみ》を懲《こ》らしむ、ご存じ『怪猫伝《かいびょうでん》』。お待ちかね尾上松之助丈《じょう》の豪華二本立て。弁士は七つの声を八つに聞かす天下の名人、山岡秋聲《やまおかしゅうせい》だ。さぁ、これを見逃す手はないよ。いらっしゃい、いらっしゃーい！」

活動写真を観る金なんぞ持っていないが、せめて雰囲気は味わいたかった。

思ったとおり、タダシ、キヨシの兄弟も十字路あたりをぶらぶらしていた。

常ならぬ人の多さに興奮したのか、タダシは俊太郎と顔を合わせるやいなや鼻の穴を広げて、

「活動いうたら『おせんにキャラメル』や！　ほな、ちょっとキャラメルもらってくるから、待っとき」

と宣言し、角の駄菓子屋へひとり入っていってしまった。

老人がひとりで店番をしているこの店は、タダシのお狩場だった。老人がうつらうつらと居眠りをしているすきを狙って駄菓子をいただくのである。

とはいえキャラメルひと箱は、かけ蕎麦《そば》なら二杯食べられるほどの〝大物〟だ。「もらってくる」って、そんな簡単に……俊太郎は電信柱の陰から、固唾《かたず》をのんで見守った。

タダシの動きが止まった。いつもは無造作にそのあたりの菓子をつかんで逃げてくるのに、さすがに緊張しているのか。俊太郎も息を殺す。

次の瞬間、タダシは意を決したように高級菓子が並ぶケースに手を伸ばし、キャラメルを三箱わしづかみにすると、身をひるがえして表に飛び出した。俊太郎たちの前まで駆けてくると、立ち止まってそっと駄菓子屋を振り返る。誰も出てこない。タダシは俊太郎と目を合わせてにやりと笑った。

「どや、ちょろいもんやで」

ふところからキャラメルの箱を出し、二人の前でひらひらさせた。

「さすが兄ちゃんや！」

「ほんまや、たいしたもんやな」

満面の笑みではしゃぐキヨシの隣で、俊太郎も讃《たた》えた。ほしいものを簡単に手に入れるタダシを男らしいと思った。

「ふふん……内緒やで」

タダシは得意満面でキャラメルをひと箱、俊太郎のふところにねじこんだ。

軽口をたたきながら白雲座に向かっていた三人の足が、ぴたりと止まった。木村がいる。町の見回りに出てそのまま、白雲座に来たらしい。

俊太郎は木村の姿に気づくとあわててタダシらと離れ、人混みのなかに身を隠した。

種取りのときはなんとか逃げきった。でも、とっさのこととはいえ、警察官を出歯亀呼ばわりしたのはまずかった。赤鬼のような形相が今も俊太郎の脳裏に焼きついていた。

小屋の両側には「活動大寫眞《しゃしん》本日開演」と書いた幟《のぼり》が何本も立ち、木戸口の横には「七色の聲《こえ》　山岡秋聲大先生來演《らいえん》」の看板が出ていた。楽士が奏でる「美しき天然」のメロディと弁士の軽やかな口上に惹《ひ》かれ、客が次々と小屋の中へのみこまれていく。

「木村巡査。わざわざご苦労さんです」

白雲座の館主が揉《も》み手《で》をしながら声をかけると、木村はぐっと胸を張ってみせる。

「なぁに、わしゃ活動写真が大好きでしてな。口上を聞いとるだけで胸が躍りますわ。せやけど、今日はまたいちだんと盛況やな。いや、松之助の新作を演《や》るんやから無理もないか」

「はい。おかげさんで立ち見もいっぱいになりそうです」

「そら、なによりですな……ん？」

タダシたち兄弟を見つけ、木村が目を三角にした。

「またあいつらか……もう勘弁ならん」

木戸口の前に立ちふさがると、悪ガキどもをにらみつけながら手をしっしっ、と振る。

「おいこら、おまえら。金、持ってないんやろ。さぁ、帰った帰った」

わしらは犬か。猫か。いつも強気のタダシはとたんにぷうっとふくれてみせた。

「『おいこら』言《ゆ》うたら、あかんのやでぇ」

大人を舐《な》めた口ぶりに、こんどは木村が顔色を変えた。

「なんやて⁉　おい！」

キヨシがすかさず合いの手を入れる。

「『もしもし』、って言わな」

「うぐっ……‼」

木村は言葉をのみこみ、ちらりと周囲を見わたした。人々が、警官と悪ガキのやりとりをくすくす笑って見ている。木村はこわばった笑顔をタダシたちに向けた。

「もしもし……もう、おとなしゅう帰んなさい」

「ケチくさいなぁ。ええやん、減るもんやなし」

ここで図に乗るのがタダシである。弟が続ける。

「腹は減るけどなぁ！」

木村の我慢が限界を超えた。

「じゃかましいっ、とっとと去ね言うとんじゃ！　逮捕するぞ‼」

「わあっ！」

すんでのところで木村の腕をかわし、兄弟はあわてて逃げだした。

あかん！　次は俺や。

俊太郎も反射的に走りだそうとして、つんのめった。袖口がうしろからつかまれている。驚いて振り返ると、目の前にあの少女の顔があった。

「あ……」

「しっ！」

少女は人差し指を口にあて、そのまま木村を目で追った。タダシらを追い払い、木村は意気揚々と館主の前へもどってそり返る。

「いやぁ、おとなしゅう帰っていきましたわ。ちゃんと言い聞かせたんで、あいつらも分かってくれたんでしょう。わははははは！」

「はぁ……」

館主は困惑ぎみに笑みを浮かべた。どなり散らす警官のほうが、じつは迷惑なのだ。おかまいなしで館主に話しかける木村を見届けると、少女は俊太郎の腕をつかみ、タダシたちとは逆の方向に引っぱった。

「行こ！」

「!?」

俊太郎は手を引かれたまま、ただ少女について走るしかなかった。

白雲座の長い壁ぞいの道を走り抜け、ひとけのない裏手にたどりついたところで、梅子はようやく立ち止まった。ぎゅっと握りしめていた自分の手のひらが汗にぬれているのに気づき、少年の手を振りほどく。

「……どこ行くんや？」

お寺のときとうってかわって、少年は不安そうな声で尋ねた。

「ここや」

梅子は指先を下に向けた。

黒ずんだ羽目板《はめいた》でおおわれた白雲座の裏手の壁が一部でっぱっており、その下にやっと子どもの頭が通るくらいの掃き出し窓がある。梅子は湿っぽい地面にしゃがみこんでそぉっと掃き出し窓を開け、すきまから中をのぞいた。

「ここ、お便所なんや。大丈夫、誰も使ってないわ」

少年はぽかんと口を開けて梅子を見ていた。

「……いっつも、こっから入ってるんか？」

梅子はあわててかぶりを振った。

「初めてや。こないだ見つけてな、いっぺん試したろ思ててんけど、ひとりやったら怖いやん……あんたには特別に教えたる……あんときの礼や」

共犯になってほしいという誘いに、案の定、少年はとまどってしまったようだ。

意外に整った顔が青くなったり赤くなったりするのを、梅子は祈る思いで見つめた。

やがて少年は梅子と目を合わせると、聞いた。

「せやけど誰かに見つかったら、どうすんのや？」

梅子はにっこりとほほ笑んだ。

「そんときは……また助けてくれるんやろ？」

少年は、今度こそはっきりと顔を赤らめた。

「ちゃんと、ついてきてな」

梅子は声をかけると、自身が先になってするすると掃き出し窓から入りこんだ。狭い個室で立ちあがると、少年が入れるよう、隅のほうに身体を寄せる。

しかし少年を手伝おうと目を落とした瞬間、梅子は硬直してしまった。蜘蛛《くも》！　小さな、いやらしい模様の蜘蛛が自分の左胸にとまっている!!

「いやぁ～っ!!」

ガツンッ!!　梅子の悲鳴に驚いて、少年が掃き出し窓の桟《さん》に思いっきり頭をぶつけた。

「い、痛ぁ……！　静かにせな、見つかってまうで」

少年が急いで起きあがり、梅子に近づいた。これ以上、悲鳴をあげまいとくちびるを引き結びながら、梅子は左胸を顔から遠ざけるようにして少年に突きだした。

「うち蜘蛛、苦手やねん。なぁ、取って！」

梅子の、ほんのりとふくらみはじめた胸もとに手を伸ばしかけ、少年はためらった。が、梅子にしてみたら恥ずかしいどころの騒ぎではなかった。

「なにしてんねん⁉　早よ！」

「わ、分かった。じっとして」

少年は意を決したように手を伸ばし、胸もとの蜘蛛をつまんで便器に払い落とした。

「……ほら、もう逃げたわ」

「ほんま？」

恐るおそる胸もとを見おろす。なにもいない。梅子はホッとして少年に笑いかけた。

「助かったわぁ……行こ！」

静かに引き戸を開けて、あたりをうかがいながら二人は客席のほうへ足を踏みだした。

けだもののような髭《ひげ》を顔一面にたくわえ真っ白な長髪を風になびかせた、怪しげな風《ふう》貌《ぼう》の男がスクリーンに登場する。妖術使いの鼠屋黒彩《ねずみやこくさい》である。

そのうしろに二人の村人が必死に追いすがった。

〈「黒彩さま、お願《ねげ》ぇでございますだ」〉

〈「後生ですから、どうか坊やを返《けえ》してくださいまし」〉

〈「ええい、うるさい奴《やつ》らめ」〉

黒彩が手にした杖を振り回し村人をなぎ倒すと、観客席から悲鳴があがった。

「うわっ！」

「えげつな！」

そこへ煙とともに忽然《こつぜん》と現れたのは、尾上松之助が扮する猫塚義忠。

「おおおおっ!!」

「待ってました！」

「目玉!!」

場内はうってかわって大歓声に包まれた。

もう『怪猫伝』が始まってるんや……沸き立つ観客をかきわけて梅子たちはスクリーンの前に出た。

「わぁ……!!」

妖術使いと〝目玉の松ちゃん〟が立ちまわりを演じている。左手の舞台上にはこざっぱりとした着物姿の男女が数人並んで、それぞれ登場人物に声をあてていた。これが〝弁士〟という人たちらしい。弁士のなかには子どももいて、子役が映るたびに声を張りあげている。右に目を転じると、楽士たちが階段状に陣取って演奏していた。こんなに華やかで心浮きたつ音楽は初めてだった。

これが、活動写真を観る、いうことなんや。想像していたのより、うんとにぎやかで華々しくて迫力があって……！　梅子は冒険につきあってくれた少年に感謝した。

少年が、釘づけになって立ちつくす梅子の袖を引いた。器用に客席の敷居にすきまを見つけてくれたので、二人はそのへりに並んで座った。

映写室からの光で照らしだされた無数の観客の頭は、まるで黒い海のように見えた。

「山岡は……まだやな」

隣で少年がつぶやき、安心したように座りなおした。

銀幕では主人公の侍が妖術使いに立ちむかっていた。

〈「やい、鼠！　子どもたちを返しやがれ！」〉

〈「うわっははは。返せなどとは片腹痛い。田舎侍の世迷《よま》い言《ごと》！」〉

〈「いざ!!」〉

寄っては打ちあう立ちまわりが繰り返され、しだいに黒彩が形勢不利となってきた。

〈「こしゃくな！　これでどうじゃ!!」〉

そう言うと黒彩は構えた杖をひと振りした。梅子は叫びそうになった。なんとそこには大きな鼠が出現していたのだ。

〈「これなる牙でおまえの首でもかじりとってやろうかいのう！」〉

〈「なにを申すか化け鼠！　ならばこちらも変化《へんげ》の術!!」〉

義忠が負けじと印《いん》を結び、次の瞬間、猫の姿に変わって大鼠にのしかかる。

魔法や……！　割れんばかりの拍手のなか、梅子はまばたきすることも忘れた。

さんざん懲らしめられた鼠がたまらずに黒彩の姿にもどると、さらわれた二人の子どもがどこからともなく現れた。どうやら鼠のおなかに閉じこめられていたらしい。

〈「かかさま～！」〉

〈「まぁ坊やたち、よくぞご無事で」〉

〈「これはたまらぬ。逃げるが勝ち！」〉

逃げようとする黒彩を侍の姿にもどった義忠が成敗し、スクリーンに「終」の文字が浮かんだ。

場内に電灯がこうこうと点《とも》り、興奮した客たちがざわめくなかで、梅子は胸に手を当てて何度も深呼吸した。雷に撃たれたような衝撃だった。

隣の少年は、明るくなってからも左手の弁士台にちらちらと目をやっていたが、やがて梅子のほうを向き、一人うなずいてふところに手を入れた。

「……手ぇ出して」

そう言われ、うながされるまま梅子は手のひらを突きだした。その上に少年は小さな四角いものを置いた。見ると、茶色いなにかがパラフィン紙でていねいに包まれている。

「なんやの？」

きょとんとして尋ねると、少年は自慢げに笑った。

「キャラメルや。知らんのか？」

「これがキャラメルか！　初めて見たわ」

少年は箱からキャラメルをもうひとつ取り出した。包み紙をむいて、ポイッと口に入れ、にっこり笑う。それを見て梅子も注意深く包み紙をむき、恐るおそるはじっこをかじってみた。

「おいしい！」

梅子は満面の笑みを少年に向けた。少年もうれしそうに笑い返した。

そこに万雷《ばんらい》の拍手が沸きおこり、少年がはじかれたように舞台に向きなおった。

スクリーンの前を洋装の男が進んでいた。あれが〝本日の弁士〟山岡秋聲らしい。真っ黒なフロックコート姿にカイゼル髭をたくわえ、背筋を伸ばした三十代のその男は、まさに脂がのりきった花形弁士の風格に満ちていた。

山岡がゆっくり舞台の中央に立つと、やんやの喝采《かっさい》が起きた。

「待ってました！」

「名人!!」

「七色！」

「たっぷり!!」

次から次に声援が飛びかい、隣の少年が身を乗りだした。拳《こぶし》をぎゅっと握っている。

〈――泡沫《うたかた》を心に刻む秋の声――〉

山岡が語りはじめた。場内のすみずみにまで響きわたる力強い声だ。

〈本日もにぎにぎしきのご来駕《らいが》をたまわりまして不肖《ふしょう》、闇の詩人山岡秋聲、厚くあつく御礼申しあげます――。

さて、ここもとご覧に供します活動写真は、松は尾上《おのえ》か相生《あいおい》か、皆さまおなじみ目玉の松ちゃん、尾上松之助丈が画面狭しの大活躍。豪傑伝の決定版『後藤市之丞』にございます。詳しくは、言わぬが花の吉野山《よしのやま》。映る画面の回転に伴いまして詳細なる説明を加えましてご清覧に供しますれば、なにとぞ最終まで拍手ご喝采のうちにご清覧のほどを――〉

「山岡っ‼」

少年が、感きわまったように大声をあげた。

俊太郎が初めて山岡秋聲を見たのは、小学校に入ってすぐのことだった。白雲座の開館三周年に、町の実力者が活動写真の無料上映会を開いてくれたのだ。

夏の暑い日のことだった。押すな押すなの大混雑のなか、びっしょりとかいた汗を手でぬぐいながら待っていると、涼しげに笑って登場したのが山岡秋聲だった。トレードマークの真っ黒なフロックコート姿がまぶしかった。

上映されたのは明治期に撮影された『金魚は泳ぐ』いうタイトルの古い写真で、文字どおり水槽の中を金魚が泳ぎまわるだけの、なんの変哲もないフィルムだった。

しかし山岡は、このしょうもない写真に名調子の説明をつけて、観客をおおいに沸かせた。

〈――さて諸君、驚くなかれ。生きた金魚が水中を泳ぎまわるという世にも珍しき大実写決死冒険水中撮影である。

四面透明ガラスの大箱に、技師と機械をソッと入れ、水底深くこれを水没せしめたが、そのまま密閉したのでは息が続かぬところから日数にして六十日。二カ月もの間、雨の日も風の日も人工的に長いゴム管を通して空気を送った。苦心のほどやいかばかり、ああ犠牲者は出《い》でざるか……。

しかしご安堵《あんど》あれ！　それ見たことか諸君らよ。ほれこのとおり動くじゃないか。

今や画面の中央に現れたる、腹のふくれた金魚は誰ありましょう……これが金魚のお母さん。次に現れたる腹のへこんだ金魚は、これが金魚のお父さん。続いてあとからチョロチョロ現れたるちっこい金魚は、おそらく金魚のせがれ。これぞ一家団欒《だんらん》、太平の夢――〉

それ以来、俊太郎はすっかり山岡の話術の虜《とりこ》となっていた。

大正の初めごろといえば、日本映画には、まだ字幕もついていなかった。映像も、すえっぱなしのカメラの前で役者たちが出たり入ったりするだけ。舞台を見るのと同じ感覚である。弁士も登場人物と同じだけいて、それぞれが受けもった役の台詞をあてた。いわば声優のはしりだ。

この弁士たちは〝声色《こわいろ》弁士〟とか〝台詞士〟と呼ばれていた。ほとんどが元、旅回りの役者だった。

洋画の場合は字幕があったから、最初からひとりの弁士が説明していた。日本の映画もしだいに台詞や場面説明の字幕が入るようになり、やがてひとりの弁士が語って聞かせるようになる。

複数で演る声色弁士があたりまえのころに〝和もの〟をひとりで語る山岡は、間違いなく名人だった。

四年前の山岡の活弁はまだ鮮明に覚えていた。あれから何度か母親と活動写真を観たが、山岡を超える弁士には一度もお目にかかっていない。俊太郎はなにひとつ見逃すまいと舞台を見つめた。

スクリーン前で深々と一礼した山岡が弁士台につくと、場内が暗くなって、すぐに上映が始まった。

「あっ……あれ」

スクリーンに映し出された場面を見て、俊太郎たちは同時に息をのんだ。二人が出会った、あの寺だったからだ。

〈――息杖を振りまわし襲いくる駕籠かきを、さらりとかわす市之丞。

「欲にまみれた悪党ども！　地獄で閻魔《えんま》の裁きを受けるがよいわ!!」〉

カメラ目線でカッと目を見開き、見得を切る市之丞。するとそこにお菊が駆け寄り、市之丞にすがりつく。

〈「おやめくださいまし。市之丞さまに万一のことあらば、菊は生きてはゆけませぬ」〉

種取りで聞いた「いろはにほへと」は、山岡によってみごとな台詞に変わっている。

こういうお話やったんか……俊太郎の心はとどろいた。

〈「文右衛門《ぶんえもん》さまからいただいた大事の金子《きんす》。ご恩にむくいるためにも、悪党にやるわけにはまいらぬ！」〉

敵を一人討ち果たしたところに、背後のお堂から仲間の駕籠かきたちが飛び出してくる。それぞれ刀を手に、市之丞を取り囲んだ。

〈「ええい、まだ仲間がおったか、卑怯者《ひきょうもの》め！」〉

今度は犬が飛び出し、あたりを駆けまわる。

〈と、そこに現る、アン～ッ！　アンアン！　南蛮渡来の謎の妖犬……かくて始まる上を下への大乱闘。市之丞、ひさかたぶりの剣舞《つるぎまい》。愛刀乱るるがままに巻き起こる必殺の

春風《しゅんぷう》――〉

山岡は撮影に乱入した犬までも、話のなかに取りこんでみせる。客席は笑い転げ、また手に汗握り、すっかり山岡の話術に引きこまれていった。

やっぱり山岡はすごい、と俊太郎は思った。

山岡の話術にかかると松之助や駕籠かきたちが、まるでスクリーンを飛び出して目の前に現れるようだった。

夢心地で見つめていた俊太郎と少女は再び「あっ‼」と声をあげた。

立ちまわりの渦中に二人の子どもが走りこんだかと思うと、倒れていた駕籠かきにつまずいて倒れ伏したからだ。

山岡はスクリーンを見つめ、しんみりと語った。

〈やがて倒れた駕籠かきに、ひしとすがるは二人の幼子《おさなご》――。

「おお、おまえたち……」

「ダメよ、お父ちゃん！　死んじゃイヤ！　お父ちゃーん‼」

……あわれ、父亡き二人の兄妹。ひとえに生まれた時代が悪かった――〉

この瞬間、俊太郎と少女は劇中の登場人物となっていた。

客席からすすり泣きが漏れるなか、劇中の俊太郎たちは突如として立ちあがると市之丞にぶつかり、しりもちをつかせてしまう。俊太郎がペコリと頭を下げたところで、山岡が高く声を張った。

〈「お父ちゃんの仇《かたき》!!」

子どもたちは父の無念をわずかに晴らすや、一目散に逃げていく〉

『後藤市之丞』が拍手喝采のうちに終わると、梅子は少年と連れだってそそくさと白雲座を出た。人混みを避けるように、二人は無言で足を進めた。

「まだ信じられへん。……うち、活動写真に出てしもた」

大通りのはずれに立つ大きな銀杏《いちょう》の下まで来て、梅子はやっと安心して少年に声をかけた。

盛りあがった根っこに腰をかけ、端に身をずらす。少年が座れるよう場所をあけたつもりだったが、少年は怒ったような顔をして少し離れた幹に寄りかかった。

「……活動写真、好きなんか?」

しかし話しかけてきた声は優しかった。

「うん。せやけど、ほんまもんを観たんは今日が初めてや」

「そうか。俺は白雲座で、もうなんべんも観とる」

「ええなぁ……うち、観たい写真いっぱいあんねん。『クレオパトラ』やろ、『カチューシャ』やろ、あと『怪盗ジゴマ』!」

誰かに話すのは初めてだけど、いざ口に出すといくらでもタイトルは出てきた。

「俺が観たんは谷口緑風《たにぐちりょくふう》、桂一郎《かつらいちろう》、大山玄水《おおやまげんすい》も悪ないな……せやけど、なんちゅうても山岡秋聲がいちばんや！」

少年が力んだ。谷口、桂……て、誰？

「……はぁ⁉　あんた、まさか写真やのうて弁士見てんのか？」

驚いた。さすがに「弁士を見てみたい」と思ったことはない。

「そうや」

少年は、さも当然という顔で答えた。

「弁士の説明がなかったら、どんな話かも分からんやろ？　なんちゅうても弁士あっての活動写真やで……しかし、すごかったなぁ山岡。全部ひとりで演るんやから」

なるほどなあ……梅子はにっこり笑って「ほんまやな」とあいづちを打った。うれしそうな少年を見たら、いつになく勇気が湧いてきた。

「なぁ、次やるとき、また一緒に行かへん？」

少年は驚いたようだった。

「あ、あぁ……」

あいまいにうなずくと、およがせた目を自分の胸もとで止めた。

「あ、そうや」

ふところに手を入れ、さっとキャラメルの箱を取り出した。

「これ、今日の礼や」

箱ごと差しだす。しかし梅子は驚いてかぶりを振った。

「こんなんもらわれへん」

「ええて。おまえのおかげで山岡見れたんや」

梅子の手のひらにキャラメルの箱を強引に押しつけると、少年は「ほな!」と軽く片手を上げてきびすを返した。その背中に叫ぶ。

「……『おまえ』やあらへん!」

少年は撃たれたように振り返った。

「えっ⁉」

「……うち、栗原梅子や。あんたは?」

「そ、染谷、俊太郎……」

名乗った少年は、見るみる顔を赤らめると、うつむいた。

「そうか。おおきに、俊太郎さん——ほな、ごきげんよう」

梅子は大人びた口調で頭を下げ、少年につんと背を向け歩きだした。

「……ほな」

気勢をそがれたような少年の返事が、うしろから聞こえた。

『アントニーとクレオパトラ』は大正三年封切りのイタリア映画。染井《そめい》三郎《さぶろう》という弁士の名調子で話題になった。

同じ年に作られた『カチューシャ』は、トルストイの『復活』を題材にした新劇を日活が映画化したもの。舞台で主役を務めた松井須磨子《まついすまこ》の役を、映画では立花貞二郎《たちばなていじろう》という女形《おやま》が演り大ヒットした。

明治四十四年に公開された『怪盗ジゴマ』は、フランスはパリを舞台に繰り広げられる、変装の名人ジゴマとそれを追いかける探偵の大活劇。日本でヒットした最初の洋画である。その人気にあやかり、『日本ジゴマ』や『女ジゴマ』だの、勝手にタイトルをつけた写真がいくつも作られたほどである。

三十分近く歩いて、梅子は家に着いた。

町はずれに古い長屋が一棟、ポツンと残っていた。江戸末期に建てられ朽ち果てる寸前のような長屋のひと間に、梅子は母親と二人で住んでいた。もうここに住む者はごくわずかで、めったにほかの住人を見かけない。母親の生業《なりわい》にとっては、それがかえって好都合だった。

引き戸の内側につっかい棒がかかっているのを知ると、梅子は軒下に隠したブリキの箱を取り出して共同井戸まで引き返した。夕刻を迎えて秋風がいっそう冷たく感じられたが、吹きさらしのベンチに腰をおろしてブリキの箱を開ける。

錆《さ》びついた箱の中身は活動写真のチラシである。巡業隊がばらまくのを拾っているうちに、いつのまにか箱いっぱいになっていた。

外国の女優がほほ笑む印刷の粗い写真や惹き文句を眺めては、「どんなお話なんやろ」と想像する。母親が商売をしている間、こうして時間をつぶすのが日課だった。

この日、梅子はチラシをいったん箱にもどして、ふところからキャラメルを取り出した。そっとひと粒つまむと、包み紙をむいて半分だけかじってみた。すぐ、口いっぱいに鮮烈な甘みが広がる。梅子はうっとりと目を閉じてから、残りを大切に包みなおした。

舌に残る甘さを楽しみながら、ふと俊太郎のことを考える。

思いきって次の約束を口にしたけど、本当に来てくれるのだろうか。転々と住まいが変わる梅子には、約束をかわすような親しい相手がこれまでいなかったのだ。

そのとき、家の戸が開いて梅子の母親が顔を出した。すばやくあたりを見まわして中に合図すると、知らない中年男が草履《ぞうり》をつっかけながら転がり出る。

「また来てな」

母は、乱れた着物の衿《えり》を直しながら男にほほ笑みかけた。若くてきれいだった母も、近ごろはすっかりやつれが目立っていた。

「ああ、そのうちな」

男はぶっきらぼうに答え、きびすを返して足早に立ち去っていく。

「――ほな、ごきげんよう」

母はそんな男のうしろ姿に愛想よく声をかけると、すっと無表情になって梅子のほうに振り返った。

「もう入ってええで……しょぼい客ばっかりや。そろそろここも潮時やな」

さっきまでの温かくゆるんだ心が、ぎゅっと凍った。しかし梅子はなんともない声で、小さく尋ねた。

「……また引っ越すん?」

「しかたないやろ。生きてくためや」

母親はふぅっとため息をつくと、あばら家《や》の中へ入っていった。

箱のチラシに目を落とす。華やかなドレスをまとった女優が妖艶《ようえん》に笑っていた。


十日ほど経って、再び白雲座に活動写真がやってきた。

小屋の前を行きかう大勢の大人にまぎれ、俊太郎はまじまじと看板を見つめていた。「日光圓藏《にっこうのえんぞう》と國定忠治《くにさだちゅうじ》」の文字が躍っている。今日も〝松ちゃんもの〟だ。俊太郎の胸は期待で張り裂けそうだった。

遠くから呼ぶ声が聞こえた。振り返ると、人混みのなかから梅子が走り寄ってきた。

「俊太郎さん」

少し上気した顔で、手にチラシを握りしめている。

よかった……あの日、俊太郎は、照れ臭さにあいまいな返答しかできぬまま、梅子と別れてしまった。あの子が今日も来てくれるのか、本当は心配だったのだ。

「見て！　二枚もろてきた。一枚は俊太郎さんの分」

梅子は息をはずませて、俊太郎にチラシを差し出した。国定忠治が片手で刀をかかげている写真が印刷された、立派なチラシだった。

「おお、松ちゃんの国定忠治！　これ観たかったんや」

夢中でチラシに見入るふりをする。なぜか梅子の顔がまともに見られなかった。

「そうか、楽しみやな」

歩きだす梅子のあとを追い、俊太郎も小屋の裏手に急いだ。

先に便所の裏に着いた梅子が、ぎくりと足を止めた。固まってしまった小さな背中を回りこみ、俊太郎が便所の掃き出し窓を見おろすと、なんと〝入口〟がふさがれていた。二枚の分厚い板が「×」のかたちに釘づけされ、侵入者をかたくなに拒絶している。

「なんでや……もう活動、観られへんやんか」

梅子は震える声でつぶやくと、その場にしゃがみこみ両手で顔をおおった。

俊太郎はなすすべもなく、梅子の背中が小刻みに震えるのを見ていた。先だって、やっと活動写真を観た、言うて喜んどったのに……。

やがて——俊太郎はふうっと息を吸いこむと、一気に言葉を吐きだした。

〈「欲にまみれた悪党ども！　地獄で閻魔の裁きを受けるがよいわ‼」

「おやめくださいまし。市之丞さまに万一のことあらば、菊は生きてはゆけませぬ」

「文右衛門さまからいただいた大事の金子。ご恩にむくいるためにも、悪党にやるわけにはまいらぬ！」——〉

いきなり身ぶりを交えて活弁を始めた俊太郎を、梅子はあぜんとして見あげた。

「それ、山岡秋聲か……ソックリやん」

涙でぬれた顔をほころばせる。

「弁士のまねが好きなんや……」

俊太郎は照れて頭をかいた。

二人はとぼとぼと大銀杏の下にやってくると、そのまま根っこに並んで腰かけた。俊太郎がもらったチラシを取り出し、梅子は横からのぞきこむ。

「これが国定忠治か？」

松ちゃんの写真をさして梅子が尋ねた。

「うん。子分に別れを告げる場面なんや……。〈赤城の山も今夜を限り。生まれ故郷の国定村《くにさだむら》や、縄張りを捨て国を捨て、かわいい子分のてめえたちとも別れわかれになる門出だ〉……」

梅子は興奮した様子で俊太郎の顔をあおぎ見た。

「すごいなぁ。……俊太郎さんて、ほんまに活弁好きなんやな」

「いつか、ほんまもんの弁士になれたらええんやけどなぁ」

「絶対なれるて」

すかさず断言されて、かえって気おくれする。

「……ほんまに？」

「うん！」

「そうかぁ――」

俊太郎は、思わず両腕をつきあげて背伸びした。大好きな活動写真を好きなだけ観て、しかも拍手喝采を浴びてお金までもらえて……俊太郎にとって活弁は、夢のような仕事だった。

「そしたら……、梅子ちゃんはなにになりたいんや？」

「うちは……」

白い顔をうつむかせてしばらく考えたあと、ポツリと口を開いた。

「……笑わんといてな。うち、活動の役者やりたいねん」

「へえ、役者か。そらすごいな」

本気でほめたのに、すぐに梅子は小さくかぶりを振った。

「思てるだけや。うち女やし」

「そんなことないて。よその国は、女の役は女が演るんや……」

どうしたら女の子が役者になれるのか、俊太郎にも分からない。日本の写真は男しか出ないから、梅子みたいなかわいい子が出ればいいのに……。

「……もう、ええねん。それよりもっと活弁聞きたいわ」

梅子は否定してみせると、甘えるような口調で俊太郎に続きをねだった。

俊太郎はこくんとうなずいて立ちあがり、梅子の真っ正面に向きなおった。母親が愛読している『活動寫眞界』を盗み見て仕入れた、とっておきのネタがある。俊太郎は拍手する梅子にうやうやしく一礼し、軽く咳払《せきばら》いをして、おごそかに語りはじめた。

〈花のパリーかロンドンか、月が泣いたかホトトギス。今やパリー市民を恐怖のどん底へ追いこむ、風のごとき怪盗団。現場に残るはZの一字。Zとははたしてなにか。ここに名探偵ポーリン現れましてZの謎をば解かんとす！〉

拳を梅子の前で握りしめてポーズをつくると、大きく息を吸いこんで続ける。

〈今や画面は黒暗々《こくあんあん》、ここはいずこぞ、草木も眠る丑三《うしみ》つ時《どき》。おりしもピカリピカリと

であった〉

闇を照らす異様な光。大蛇の目玉か、さにあらず。これぞ人類苦心の大発明、懐中電灯

両手の指を胸の前で組み、うっとりと聞き入っていた梅子が小さく笑った。

〈闇にまぎれてしのび寄る怪しげなる影、抜き足、差し足、しのび足。ああ恐ろしや、

これぞ希代の大悪漢、怪盗――〉

「――怪盗ジゴマや！」

梅子は目を輝かせた。ぴょんと立ち上がると、ふところに手を入れて言った。

「手ぇ出して」

言われるままに差しだした俊太郎の手のひらに、取り出したキャラメルをひと粒のせる。

「はい。木戸銭の代わり」

「おおきに」

俊太郎はすぐに包み紙をむいて口に放りこんだ。が、「それ、俊太郎さんにもろたやつなんや」と聞いてむせそうになった。

「な、なんや、まだ持ってたんか」

「もったいないからチビチビ食べてん。それが最後の一個」

はにかみながら言う梅子を見ると、胸の奥がキュッと苦しくなった。

「……そうか。そしたらお客さん、ちょっと待っとき」

と言いながら、俊太郎はもう走りだしていた。梅子が驚いて尋ねる。

「どこ行くん？　もっとジゴマ聞きたいねん」

「活動写真には、キャラメルがつきもんや――すぐもどってくる」

振り向いて軽く手を上げ、俊太郎は町の中心へと走りはじめた。

視界をよぎった梅子の不安そうな顔を、俊太郎はこのあと何度も思い返すことになる。


俊太郎は駄菓子屋の前で急停止した。

金はないが「もらってくる」ことはできるはずだった。中をのぞくと、タダシが言っていたとおり、老人が小上がりで居眠りをしている。ほかには誰もいなそうだ。しめた！

菓子ケースの前まで進んでそのままキャラメルに手を伸ばす。勇気をふるってひと箱つかむと俊太郎は急いできびすを返した。すると――。

「泥棒や！　泥棒やで!!」

いきなり背後から大音声《だいおんじょう》がして、驚いた俊太郎は戸口の段差に足をとられてつんのめった。置物と化していたはずの老人が立ちあがり、叫びながら追ってこようとする。

駄菓子屋を転がり出た俊太郎は、すぐに大人の男に首根っこをつかまれた。近所の商店主が声を聞き、駆けつけたらしい。

「小僧っ！　逃がさんぞ‼」

飛び出してきた駄菓子屋の老人が俊太郎を指さす。

「こ、こいつや、いっつも盗みにくるんは‼」

俊太郎はとっさに頭を振った。

「違《ちゃ》うて！　堪忍して‼」

「なにが違うんや！　このくそガキがっ‼」

暴れてももがいても、商店主は俊太郎をがっちりつかんで離さない。なにごとかと足を止める人が増えてきた。

「ほんま、しょうもないやっちゃ。警察に連れていかな」

憤然とした老人のつぶやきに、俊太郎は身を固くした。

大銀杏の下で待っている梅子の顔が浮かんだ。チラシを見ながら「赤城の山も今夜を限り——」とつぶやく寂しげな顔がありありと浮かんできた。

「堪忍して！　もどらなあかんのや……」

俊太郎はすっかり混乱してしまった。

第二巻　俊太郎、稼業に精を出す

乾いた風にチラシが舞って、安田《やすだ》の前を坊主頭に短い着物姿の子どもが横切った。ガキどもが追うチラシには「七色の聲《こえ》　山岡秋聲博士 本日堂々來演《らいえん》！」とある。

巡業隊は、子どもたちにまとわりつかれながら田んぼ道を目当ての村へと進んでいた。たわわに実った稲が、黄緑から黄金色に変わろうとしている。

兵庫の山中にあるこのあたりは山陰道《さんいんどう》が通るために人の往来こそ激しいが、活動写真の巡業隊なんぞが来ることはめったにない。安田たちが奏でる「美しき天然」と与三郎《よさぶろう》の軽妙な口上に、農作業中の村人が次々に顔を上げた。

「これなるは遠路はるばるやってまいりました、山岡秋聲巡業隊。持参いたしました写真は、希代の名作『後藤市之丞』全五巻‼　さぁ、まもなく！　隊員一同、皆様のお越しをお待ち申しあげておりまーす‼」

隊の元締めである安田は、いつも先頭に立って太鼓をたたいていた。ハンチングを目深《まぶか》にかぶり、おしゃれなツイードのジャケットの下はだぼシャツに腹巻きという、なんともチグハグな格好である。

そのうしろを、口上を述べながらビラをまく軍服姿の与三郎。さらに、トロンボーンとトランペットが続く。しんがりには弁士を乗せた人力車がいた。フロックコートに身を包み、ふちなし眼鏡をかけた山岡秋聲が揺られている。

村に入ると、家から飛び出してきた人々が目を輝かせて巡業隊のあとをぞろぞろとついてきた。安田は数日前から与三郎を送りこみ、「革新的空前絶後 元祖大日本活動大寫眞《しやしん》・山岡秋聲巡業隊來《き》たる！　乞うご期待!!」と印刷したチラシをばらまかせたのだ。

半時間ほど歩いて大地主の屋敷に到着すると、地主を先頭にここでも大勢の人々が屋敷前で一行を待ちかまえていた。

到着した山岡の人力車に村人が殺到すると、安田は与三郎に合図し、目立たぬように集団からあとずさる。トロンボーンとトランペットが安田に続いた。

「いやいや山岡先生、こんな田舎までお越しいただきまして、ありがとうございます。村の衆一同、先生のおいでをお待ち申しあげておりました。さぁ、こちらへどうぞ」

地主は感激して山岡の手を固く握りしめ、屋敷の中へいざなった。

右手に大きな広間があり、大勢の人々が暗がりから山岡らを注視していた。ふすまを取りはらっていくつもの部屋をつなぎ、広縁に雨戸を閉ざした特設の活動小屋だ。そこは村民全部が集まったのではないかと思うほどの人で埋めつくされていた。

万雷《ばんらい》の拍手にのって現れた弁士は、長身の身体を丸めるようにして机にもたれると、おごそかな声で語りはじめる。

〈泡沫《うたかた》を心に刻む秋の声。本日もにぎにぎしきのご来駕《らいが》をたまわりまして不肖《ふしょう》、闇の詩人山岡秋聲、厚くあつく御礼申しあげます――〉

前説《まえせつ》が終わるとさっそく、真っ白な敷布のスクリーンで『後藤市之丞』の上映が始まった。広間の中央で口上係の与三郎が映写機を回す。

道中で軽快な音楽を奏でていた楽士たちの姿はなく、弁士の手もとに蓄音機が置かれている。弁士みずからゼンマイを巻き、レコードの音楽を聞かせながらの説明だった。

『後藤市之丞』は、公開からすでに十年を経た時代劇である。画面には雨のシーンかと見まがうほど傷が入り、途中フィルムが欠落したように画《え》が急に飛んだりした。つまりボロボロのフィルムだったが、村人たちに気にする様子はまったくない。

〈そこに現る、アン～ッ！　アンアン！　南蛮渡来の謎の妖犬……かくて始まる上を下への大乱闘。市之丞、ひさかたぶりの剣舞《つるぎまい》。愛刀乱るるがままに巻き起こる必殺の春風《しゅんぷう》――〉

室内は大爆笑の渦に包まれ、弁士は得意げにほほ笑んだ。

ちょうどそのころ——。

安田と楽士の二人は、人が出はらった家屋にしのびこんでいた。

住民がこぞって活動見物に出かけた集落に目をつけ、裕福そうな家に入りこむ。トロンボーン担当は箪笥《たんす》や戸棚、押し入れをあさり、トランペットの男は神棚の奥や家具のすきま、瓶《かめ》の中まで入念に調べて、目ぼしいものを引っぱりだした。安田は出入口を見通せる居間にあぐらをかき、手下が発掘したなかから値打ちものだけを選別する。

金品に限らず着物、壺《つぼ》、掛け軸、刀、米俵にいたるまでおよそ金目のものを奪いつくすと、三人は次に金がありそうな家に向かう。

そう。安田の本職は泥棒だった。豊かそうな村に目星をつけると、あらかじめ宣伝ビラをまいて人々の関心をあおる。そして当日は派手に村入りし、住民が活動写真を楽しんでいる間に盗みを働くのが常道だった。めったに活動写真を観ることのない村人たちは老いも若きも会場に詰めかけ、しばらくは帰宅する心配もないので安心して略奪に専念できた。

——安田虎夫《とらお》は大阪の貧民窟《ひんみんくつ》で育った。

父親は博打《ばくち》ぐるいで、虎夫が十歳を過ぎたばかりのころ、息子を借金のカタとしてあっさり胴元に差しだした。時が過ぎ、一人前の賭博師として勤めをこなしていたある日、胴元は安田に〝転籍〟を命じた。奈良で手広く商売を始めた橘《たちばな》という男の子分になれというのだ。「橘興業」という名の見世物、芸事《げいごと》関係の会社を興したばかりで、荒事に慣れた者をそのスジに頼んで集めているから、と。

安田はしぶしぶ橘の配下となったが、橘と考案したインチキ巡回興行を始めてみると、水を得た魚のように仕事に邁進《まいしん》するようになった。チンケなイカサマ賭博よりも、自分の裁量にまかされるこのシノギが性に合っていたのだ――。

安田は手下に合図すると撤収に入った。

通りから一本入った林道に、前夜のうちに運びこんだトラックが停《と》めてある。田舎ではまだ珍しかったので、おおっぴらに停めておくのは危険だった。安田は盗品を手分けして運ぶと、手際よく荷台に積んだ。

トロンボーンの男にあごをしゃくる。

「そろそろ、ええやろ。行ってこい！」

「へい！」

命令一下、トロンボーンが地主の屋敷へと走った。仕事が終われば長居は無用だ。適当なところで活動写真を切りあげ、とっとと村を離れるのが上策だった。

トロンボーンは地主の屋敷に着くと裏口に回り、にぎわう大広間の脇廊下へと足音をしのばせた。聞こえてくる声で見当をつけてふすまをわずかに開けると、思ったとおり目の前に山岡秋聲の背中があった。

『後藤市之丞』は山場にさしかかったあたりで、村人たちは前のめりになり、目を輝かせて写真に見いっていた。

市之丞は駕籠《かご》かきの首に刀を突きつけた。

〈「これに懲《こ》りたら足を洗え。さもなくば、次は首が胴と泣き別れだぞ」〉

「おおおぉ……」

市之丞の雄姿に、村人から感嘆のため息があがる。

〈周章狼狽《しゆうしようろうばい》する駕籠かきたちは、一目散に逃げていく！〉

昂然《こうぜん》と頭を上げた山岡が声を張る。しかしトロンボーンはかまわずに山岡の背をそっとつつくと、小声で告げた。

「おいっ、もう終わりや。行くで！」

急に背をつつかれ、山岡は驚いて振り返った。トロンボーンの男がすきまから顔をのぞかせている。

「早《は》よ来《こ》な、置いてくで」

あわてて前を向くと、映写係の与三郎が小さくうなずいた。クランクを回していないほうの手で、器用に続きのフィルムをしまいはじめている。

「もう終わりや」と言われても……。

とまどっているうちに、画面にお菊が登場した。山岡はあわてて説明にもどる。

〈「……い、市之丞さま。今度またむちゃをされますと、この菊が許しませぬぞ！」

「さしもの市之丞も、そなたにだけは敵《かな》わぬなあ」

後藤市之丞、お菊を前に呵々大笑《かかたいしょう》――〉

怒り顔のお菊を前に主人公が大笑いしたところで突然、映像が終了した。地主の家の者が、律儀に室内の明かりをつける。

「……えっ？」

きょとんとする村人たちをよそに、与三郎はさっさと映写機を片付けていた。山岡はあせって唾をのみこむと、

〈そ、その後、市之丞とお菊はさらなる困難もなんのその、無事に江戸へと着いてみると、待ち受けておられた文右衛門《ぶんえもん》さまのおはからいで晴れて夫婦《めおと》とあいなったのでありました……後藤市之丞、これをもちまして全巻の終了であります〉

「……山岡!!」

早口で語り終えると同時に頭を下げる。一瞬の沈黙ののち、観客から声があがった。

「よっ、日本一!!」

こわごわ頭を上げた山岡に、村人たちは次々と賛辞の声を浴びせた。

山岡は笑顔を振りまくとそっくり返って広間をあとにし、脱兎《だつと》のごとく控室の客間へと駆けこんだ。鏡台の前にすべりこんで髭《ひげ》をむしり取り、眼鏡をはずし、墨で描いた顔のしわを拭きとる。

「ふう……」

変装を解いてようやく、山岡こと染谷俊太郎はため息をついた。

一見、歌舞伎役者かと見まがうほど色白で細面《ほそおもて》の顔。うしろになでつけた髪も手でくしゃくしゃにすると、この青年が先ほどの中年弁士だとは誰も思うまい。

俊太郎は股引《ももひき》姿に着物をひっかけただけの身軽な格好になると、着ていたフロックコートと荷物を丸めて風呂敷《ふろしき》に包み、急いで部屋を飛び出した。

玄関は……あっちやな。

廊下を曲がったとたん、地主とはちあわせしてしまった。

あかん!

俊太郎は雑用に追われる見習いのような顔ですれ違おうとした。しかし地主はわざわざ俊太郎の前に立ちはだかった。

「あー、君。山岡先生はお部屋においでか?」

俊太郎はとっさに愛想笑いを浮かべ、小腰をかがめた。

「ま、まだお着替え中ですわ。ご挨拶やったら、もう少しあとにしてください」

「そうかぁ。そしたら、終わったら声をかけてもらえるか?」

「分かりました――ちょっと、荷物片付けてきますわ。ほな」

言いおいて回れ右し、地主の死角に入るやいなや庭に飛びおりた。安田の指示どおり裏口へ走ると、外にエンジンをかけたままのトラックが待ちかまえていた。

運転席のトランペット担当は、俊太郎の姿に気づいてすぐにトラックを発車させた。

「染谷、早よ乗れ!」

助手席から安田が顔を出し、叫ぶ。

「ちょ、待ってください!!」

風呂敷包みをかかえて必死で走った。与三郎が俊太郎に手を伸ばす。やっとのことでその手をつかむと、俊太郎は勢いをつけて荷台に転がりこんだ。

最後の仲間を回収すると同時に、盗賊団のトラックは猛烈にスピードを上げた。

「まさか泥棒の手伝いやったとは……」

揺れる荷台で膝をかかえ、俊太郎は目をつぶった。

安田と出会ったのは、ひと月ほど前のことである。大阪は新世界の通りぞいにある見世物小屋の前で、俊太郎は通行人を相手に呼びこみをやっていた。

二十歳になったばかりの俊太郎がなぜ大阪の繁華街で働いていたかというと、さかのぼること三年前に伏見の実家を追い出されたからだ。

中学校を出て「弁士になる」と言いだした息子を、地元で教師をしていた父親はけっして許さなかった。活動好きの母なら賛成してくれるかと思いきや、「あんたには月給取りになってほしかった」と、これまたにべもない。父親が「勘当や！」と叫ぶのと息子が「出てったるわい!!」とどなるのは、ほぼ同時だった。

俊太郎は大阪をめざした。大阪なら活動の小屋がたくさんあり、すぐにでも活弁を始められる、少なくとも弟子入りくらいはできると思ったからだ。

しかし、そこが世間知らずの教師の息子であった。

誰の紹介もない、どこの馬の骨とも分からぬ若造を雇おうという小屋はなかった。たとえ見習いで置いてくれたとしても、無給である。自活できるだけの蓄えがないと、見習いにすらなれなかった。

工場や商家の下働きに料理屋の下足番、いくつもの仕事を転々とした。しかし俊太郎はどうしても〝しゃべる仕事〟がしたかった。うさんくさい見世物小屋で呼びこみを始めたのも、そこでなら十八番《おはこ》の〝山岡秋聲の語り〟が活かせると思ったからだ。

〈さぁ、ご通行中の皆様。ご用とお急ぎでない方は、ズイッとこちらの見世物公開までお立ち寄りください！　本日の目玉、世にも珍しい「大鼬《おおいたち》」の大公開でっせ！

南国は赤道直下、インドの国のジャングルで日数にして六十日。二カ月もの間、雨の日も風の日も待ち続け、最後は三日三晩徹夜をもちまして捕らえたるこの大鼬。苦心のほどやいかばかり、ああ犠牲者は出《い》でざるか……。

しかしご安堵《あんど》あれ、晴れて皆様方にご覧いただく次第となりました。

どないです！　旦那さん、よかったら頭のひとつもなでてやってください！　一回触れば三年は長生きするという、世にも珍しい大鼬の大公開でっせ!!〉

俊太郎の口上につられ、この日も客たちは続々と興味津々の顔でのれんをくぐった。それをほくほくと見守っていると、突然背後から声をかけられたのだ。

「よう、兄ちゃん」

俊太郎が振り返ると、ニッカポッカにだぼシャツ姿の男が立っていた。三十代前半くらいだろうか。両手をポケットにつっこみ、笑っていても目は凶悪だった。

「……な、なんでしょう？」

この大鼬、小屋の中に入ると赤いペンキで「チ」と書いてある大きな板が置いてあるだけなのだ。インチキという点では、ほかの出し物も大差なかった。ほとんどの客は笑ってすませてくれるが、まれにしゃれが通じない客がいて、そのたび俊太郎は罵られたりこづかれたりした。

男はぐいっと近づいて言った。

「みごとな口上やな。客がコロッと騙《だま》されとるわ」

「だ、騙しとるんやないです。しゃれですわ……みんなも笑《わろ》てくれてます」

……やっぱり因縁つける気だ。しかも相手はヤクザかもしれない。どないしょう！

「ええ腕や、言うとるんや。兄ちゃん、たいしたもんやで」

「……はぁ⁉」

ほめられるとは思わなかった。とまどう俊太郎に、男はもっと驚くことを言った。

「どや、兄ちゃん。活弁、やってみたないか？」

「か、活弁！　あの、活動写真の活弁ですか？」

「そうや。ほかにあるんか？」

「い、いや……あのぅ……」

うろたえる俊太郎にかまわず、男は続けた。

「わしは安田や。活動写真の巡業やっててな、ちょうど今、新しい弁士を探してるとこなんや。兄ちゃん、どうや、わしと組まんか？　ごっつう儲《もう》けさしたるで」

俊太郎は即座に、深々と頭を下げた。

「やらせてください！　俺、ほんまは弁士になろう思て田舎から出てきたんですわ‼」

安田と名乗った男は、にやりとして言った。

「そうか、なら話が早いわ。なんぞ説明したい写真はあるんか？」

「ありますわ！　松ちゃんの『後藤市之丞』!!」

「松之助か……ええやろ。田舎やったらたしかにウケがええかもしれんな」

――あのときは、いよいよツキがめぐってきたと思ったのに……。

頭をかきむしる俊太郎を荷台に乗せ、トラックは今夜の宿へとひた走った。


「おう、ここらにしよか」

安田はピンク色のネオンを見つけ、トランペットに停車を命じた。

〝仕事〟をした村から離れ、にぎやかな街にたどり着いたときには、もう日がとっぷりと暮れていた。安田は、いかにもヤクザ者が集まりそうな酒場を選んで扉を開けた。
七、八人がけのカウンターにテーブル席が六つ。西部劇にでも出てきそうな丸太造りで、カウンターの奥には二階へ上がる階段があった。ほの暗い店のすみには、首までぺったりと白粉《おしろい》を塗った女たちが四人いる。二階は女たちが客を引っぱりこんで商売に使うのだろう。安田は、厚化粧の女将《おかみ》にうなずいてみせた。
「酒や。どんどん出せ」

手下たちが歓声をあげ、酒盛りが始まった。安田は中央の席に陣取ると、いちばん若い女の肩を抱き寄せる。

場末の酒場にほかの客はおらず、すぐに座は乱れた。安田は上機嫌で騒ぐ男たちを見やり、一人足りないのに気づいた。店内を探ると、弁士役を務める俊太郎が一団に背を向け、ひとり、すみのテーブルでコップ酒を傾けていた。安田の視線に気づいたのか頭を上げ、生意気な目つきで見返してくる。

ふん。安田は立ちあがると足もとに置いたトランクをテーブルに上げた。重い音がして、手下の三人が急に静まる。目を輝かせ、安田を見あげた。

「みんなご苦労やったな。今日は腰が抜けるまで遊んだらええ。また明日から頼むで」

そう言うと、安田はトランクを手もとに引き寄せて細目に開け、すばやく紙幣を引っぱり出して三人の前にぶちまけた。

「うおおおおぉ!!」

くしゃくしゃの紙幣が小さな山をなし、与三郎らは野獣のような雄叫《おたけ》びをあげた。

こうして気まぐれに分け前を与えるのが安田の常だった。トランクにはあがりをすべて詰めこんでいるが、安田が肌身離さず持ち歩き、三人にはいっさい触らせず、中身も見せない。手下どもは酒と飯にありつけ、わずかな金をもらえればそれで満足なのだ。

狂喜する手下たちを上機嫌で見おろすと、安田は俊太郎に流し目をくれた。酒をまずそうに飲んでいる。安田はつくり笑いを浮かべ、俊太郎に近づいた。足が少しふらつく。

「――染谷、おまえの取り分や。ちいっと色、つけといたさかいな」

丸めた紙幣を俊太郎の目の前に放った。紙幣に目を落とした俊太郎はしかし、醒《さ》めた目で安田をにらんだ。

「俺は……弁士を探してるっちゅうから入ったんや」

「そうよ。おまえのおかげでうまいこといったんや、なぁ先生」

安田はそう言って、笑いながら俊太郎の肩に手を回した。しかし俊太郎はその手を激しく振りはらうと立ちあがり、安田に噛《か》みついてきた。

「俺は先生やない！　なんや、こんな金。騙された俺があほやったわ!!」

「なんやと？」

頭に血がのぼった安田は、とっさに俊太郎の胸ぐらをつかんだ。

「人まねしかできん半端《はんぱ》もんが、なに偉そうにぬかしとんのや！　拾てもろただけ感謝せい、このクソッたれが!!」

首根っこをつかんでぐらぐら揺らすと、安田の手の中で俊太郎の身体が急に硬直した。上着がめくれて、腹巻きに差してあるリボルバーが鈍《にぶ》く光るのが見えたのだろう。

「どや、拳銃怖いやろ。口ばっかりの、この根性なしが」

安田は、手荒く俊太郎を突き放し、どなった。

「ええか、二度とわしに逆らうんやないぞ！　次は勘弁せえへんからな!!」

大股でテーブルにもどる。全員がひきつった表情で安田の顔色をうかがっていた。安田は若い女の二の腕をつかむと、奥の階段を足早に上がった。

「――くそ！」

俊太郎はテーブルをたたき、コップをつかんでわずかに残った酒をあおった。

――あほやった。そりゃあ俺かて、これまで品行方正に生きてきたわけやないけど、さすがに泥棒はあかん……。

村人たちは貴重な農作物を金に換え、木戸銭を捻出《ねんしゅつ》し、活動写真を楽しむのだ。キャラメル盗むんとは、わけが違うで。

ではなぜ、自分はとっとと逃げないのだろう。安田のすきをついて逃げ出すのは、けっして不可能ではない。なんで……。

「まぁ落ち着け、俊太郎」

ふと気がつくと、トロンボーンが俊太郎をのぞきこんでいた。

「命が惜しかったら安田さんには逆らわんほうがええ。前の弁士は喉をつぶされたさかいな」

「……ほんまですか？」

まさか、そこまで……俊太郎はあぜんとする。トランペットが続けた。

「せやけど今度は喉じゃすまんぞ。今、おまえ拳銃見たやろ？　先だって手に入れてな、見せびらかそ思て、わざと上着をチラッとめくりよる。ズドンとやられたら一巻の終わりや。弁士が一巻の終わりやったらシャレにならんがな」

与三郎が内緒話をするように顔を近づけた。

「せやけど、おっきい声じゃ言えんが、あの拳銃はバッタモンらしいで。えらい安うに手に入れたって言《ゆ》うてはった……ケチな安田さんらしいわ。ほんまに使いもんになるんか、怪しいもんやで」

一の子分であるはずの与三郎は、顔をゆがめて笑った。

「まぁ、安田さんに会《お》うたんが運の尽きや。これで、巡業暮らしも楽しいもんやで」

トランペットが言うのを聞き、俊太郎はふいに理解した。泥棒稼業を嫌悪しながらも自分が隊を抜けられない理由を。

「麻薬やな……」

「……はぁ⁉」

キョトンとする二人に、俊太郎は自嘲《じちょう》の笑みを浮かべた。

「客の喜ぶ顔を見るのが、こんな気持ちええもんだとは思わんかったですわ……」

すると、自分の背嚢《はいのう》をごそごそさせていた与三郎が勢いこんで声をかけた。

「なああ、染谷！」

薄い雑誌を俊太郎の前に突きだす。

「今日もろてきた行李《こうり》ん中にな、ええもん入ってたんや」

女の裸絵を中央に『艶話《つやばなし》　珍説忠臣蔵《ちんせつちゅうしんぐら》』とタイトルがある。春本《しゅんぽん》だった。

「うおっ！　与三郎、よう見つけた！」

トランペットが目を輝かせて叫んだ。トロンボーンが片手拝みをしてみせる。

「俊太郎、頼むわ。俺たち、字ぃ読まれへんのや」

「おまえのしゃべりは一流や。こ、これを聞かしてくれ」

しかたなく雑誌を受けとると、俊太郎は適当なページを開いた。節をつけて読みはじめる。難しい話は終わったと察し、女たちも寄ってきた。

〈……大石《おおいし》は、座ったままにて錦太夫《にしきだゆう》を引き寄せ、手を持ちそえて自分の前をまくらせれば、火のように熱した魔羅《まら》が帆柱のごとく突っ立ち赤黒色に節くれだつ。錦太夫、なんの苦もなくズブズブと根元もあまさず入りこむ。

……ああ堪忍《かんにん》。

さすがは老巧の大石、下から勢いよく早腰、高腰、大腰で、あるいは深くあるいは浅く突きあげれば、錦太夫もよがりに迫って泣き声いだし大石の口にかじりつき手足でしかとからみつく。わたしゃもうたまらぬ……ふんふん、すふすふ、もふもふ、どうしてこんなにええのやら……〉

鼻にかかった声で錦太夫の台詞《せりふ》を読むと、六人がごくりと唾をのむ音が聞こえた。

「大石内蔵助《くらのすけ》はそんなに絶倫やったんか……」

与三郎はもぞもぞと太ももあたりをこすりあわせたかと思うと、

「もう、あかん」

言いおくや、隣の女の手を引いて階段を駆けあがった。

「俺も」

「おぉ、わしもや」

トロンボーンとトランペットもそれぞれ女をせきたてて与三郎のあとに続いた。俊太郎はひとり酒場に残され、本を閉じると再び苦いため息をついた。

「おい、それ、ほんまか⁉」

安田はつい声を荒らげた。

「ほ、ほんまです。兄《あに》さんのあとを追ってる刑事《デカ》がおりまっせ」

商人宿の食堂のかたすみで、小男がびくりと肩をすくめる。

俊太郎を仲間に入れてふた月近く、安田の商売はかなりうまく運んでいた。

連れてきた当初は生意気だった俊太郎も、最近は淡々と安田の命令に従うようになった。泥棒やなんやと安田を罵っていたものの、自分も同じ穴のムジナだと思い知ったのだろう。

「いっつも山岡やと、足がつきやすいで。ほかの弁士はでけへんのか?」

安田がそう尋ねたときも、さして悩むふうもなく、

「……ほな駒田《こまだ》好洋《こうよう》、演《や》りますわ」

と答え、その日は素直に駒田風でしゃべった。

駒田好洋とは、全国津々浦々を巡業で回る有名弁士であった。

〈頗《すこぶ》る非常なご来場に頗る非常にありがたきしあわせ。頗る非常に一同大満悦。頗る非常にお礼を頗る非常に申しあげる次第でございます〉

などと〝頗る非常〟を売り文句にして、絶大な人気を博していた。

ところが、そんな俊太郎も、演目を変えろという命令だけは頑《がん》として聞きいれない。

なによりフィルムがもうボロボロだ。しかし安田が説得しても、俊太郎は、

「……この写真でしゃべらせてください。これだけは譲れません……」

とかなんとか口の中でもごもご言い、黙りこむのが常だった。『後藤市之丞』によほどの思いいれがあるんやろ、とは与三郎の見立てだが、まあ、それでウチの弁士さまが仕事をしてくれるなら、我慢するしかあるまい。

そうやって、安田なりに折り合ってきたというのに……。

兵庫の山間部を転々としているおり、宿でばったり昔の知り合いと出会った。インチキ薬を売り歩きながら家人のすきを見て金品をくすねるケチな野郎だが、妙に情報通な

ところがある。その男がこの日、「気をつけなはれや」と安田に声をかけてきたのだ。

これまで安田は、警察署もないような田舎を選んでシノギをやってきたというのに、なぜか所轄をまたいでニセ巡業隊を捜査する刑事がいる、というのである。なんでもその、村木《むらき》だか木村だかいう刑事は活動写真に詳しいらしく、

「山岡秋聲は奈良にある青木館《あおきかん》いう小屋で専属弁士をやってるはずや」

「村に回ってきたのはにせもんや」

「わしは活動写真を汚すような輩《やから》は許さん！」

――などとあちこちで宣言し、兵庫県警察部から借りた自動車を乗りまわして巡業隊を探しているそうだ。

むう……。

小男が去っていったあと、安田はひとり腕組みをした。

ここでの商売は明日、一回だけにしたほうがいい。安田は予定より早めに大阪へもどることに決めた。

俊太郎はその朝、突然「今日は山岡以外の弁士でいけ」と安田に命じられた。となれば、次に得意な駒田であった。

弁士変更のチラシをつくらねばならない。絵心のある与三郎が、駒田の姿に俊太郎の

顔をはめた絵を描き、俊太郎が「駒田好洋先生來タル！」と殴り書きした。

会場となる古い芝居小屋は江戸時代から人々に親しまれている、この町のシンボルらしい。俊太郎たちが派手にねり歩かずとも客は集まってきた。

小屋の正面には、「天上天下唯我独尊　頗る非常大博士　駒田好洋先生來タル！」と、安田が小屋主に書かせた看板がかかっている。

木戸口を入り、下足番に履きものを預けて一歩中へ入るとすぐ客席である。畳を敷きつめた小屋もあるが、ここは板の間となっていた。両側には一段高くなった桟敷席《さじきせき》があり、板の間に座布団が敷かれ、料金も割高である。

今日は桟敷も満席、立ち見客もでるほどの大盛況だ。客席から見て左側には、後方から舞台に向かって花道がのびており、舞台の中央にスクリーン代わりの白い幕が天井から吊るされていた。

俊太郎は楽屋でフロックコートを着こみ、ふちなし眼鏡をかけ、顔の下半分を隠すカイゼル髭を貼りつけると、そっくり返って舞台上手《かみて》から観客の前に出る。

「いよっ、駒田！」

「大博士！」

歓声と拍手が押し寄せるなか、俊太郎は右手の人差し指を天に突きだし、左手の人差し指で地上を指さした。少年のころ目に焼きつけた、駒田お得意のポーズだ。

〈ええい、まだ仲間がおったか、卑怯者《ひきようもの》め！　と、そこに現る、アン〜ッ！　アンアン！頗る非常に謎の妖犬……かくて始まる上を下への大乱闘。市之丞、頗る非常に剣舞《つるぎまい》──〉

異変は物語のちょうど山場で起こった。

俊太郎がふと客席を見わたすと入口に人影がある。シルエットからして長身の男。その背後に何人もの人間があわただしく行き来している。やがて男は驚いた声を出した。

「なんちゅうこっちゃ……！」

と俊太郎を指さした。りゅうとした三《み》つ揃《ぞろ》いにソフト帽、官憲にありがちな口髭……官憲？　鼓動が高まった。

〈……か、駕籠かきが倒れた。そこに駆け寄る頗る非常にかわいい子ども──お父ちゃん！　頗る非常に血が出てる。死んじゃイヤ！　お父ちゃーん‼〉

「おいこら、貴様‼」

男は俊太郎に向かって叫んだ。観客がいっせいに男を見る。

「駒田好洋は去年、引退したはずや！　顔もぜんぜん違《ちや》う！」

今度はすべての観客が俊太郎に向いた。思わず身がまえる。

「貴様はにせもんやな！　逮捕するっ‼」

やはり刑事か！

男が叫び終えるのを待たずに舞台から飛びおりた。警官たちが内木戸を開け、どっと場内に駆けこむと客席から悲鳴があがった。

俊太郎は脱兎のごとく弁士台側の桟敷席に走り、その奥の窓に飛びついた。この二カ月、どこで公演するときも、逃げ道だけはいつも事前に確認していたのだ。

「こら待てっ‼」

刑事たちは満員の客にもまれて身動きができないでいる。

「おい、邪魔や！　どかんか‼」

そのうしろに、縄でぐるぐるに縛られる与三郎が見えた。俊太郎はそのまま窓の外へ飛びおりると、路地を裏通りへと駆けだした。

安田は二人の子分と、留守宅から荷物を運び出していた。

成果は上々だった。トラックにお宝を積みこんだら、俊太郎たちを小屋で回収しておさらばする。大阪でしばらく羽を休めたら、次は……東海地方にでも行ってみようか。

トランペット担当に、この先に隠したトラックを回すよう指示を出す。ところがトランペットは棒立ちになったかと思うと聞き耳を立て、顔色を変えた。

「誰か来まっせ！」

じゃり道を走る大勢の靴音に気づくと同時に、大音量の警笛《けいてき》が耳をつんざいた。表通りの方角から、警官たちが全速力で駆けてくる。先頭を走るソフト帽の男が叫んだ。

「こらっ‼　貴様ら、逮捕する‼」

安田は荷物を放りだした。おたおたする子分二人は、いち早く到着した警官たちに飛びつかれ、抵抗している。

「クソッたれっ‼」

安田は敷石に置いていたトランクをかかえこんで路地裏へと逃げだした。

「逃げたぞ、追え！」

走りながら振り向くと、トランペットが逆方向へ駆けていた。警官たちをなんとか振りきったらしい。トロンボーンは大勢の警官の下敷きになり、なおも暴れていた。トランペットは軽業師《かるわざし》のように塀を乗り越えて消えた。トラックの方向だ。

うまくこいつらをまけば……安田は逃走に専念した。

あてずっぽうに何度も路地を曲がっていると、大通りが見通せる角に出た。すると遠くに俊太郎の姿が見えた。変装したままの顔で、警官たちから必死に逃げている。

逃げる俊太郎をトラックが猛スピードで追い越した。俊太郎がとっさに両手を振る。

「待ってくださいっ‼」

トランペットの運転するトラックがスピードをゆるめた。俊太郎は速度を上げてトラックに飛びつき、荷台に転がりこむ。それを見た安田はほくそ笑んだ。

大通りに転がり出ると、安田もなりふりかまわずトラックを追った。

「待たんかいっ！　わしも乗せろ‼」

ようやくトラックに近づき、安田は必死で手を伸ばした。俊太郎があわてて手を出す。

安田はまず、持っていたトランクを荷台に放り投げた。俊太郎が受けとる。そして安田本人に手を伸ばし、二人は固く手をつかみあった。

「もっと引けっ！」

手をつないだままでトラックを追走しながら、安田は大声を出した。

俊太郎も渾身《こんしん》の力を振りしぼっているようだが、山道に入ってトラックは左右に揺れ、なかなか飛び乗ることができない。

「もっと精出して引かんか、この半端もんがっ‼」

その瞬間――俊太郎の手から力が失われた。

驚いて見ると、俊太郎は上体を起こしていた。いつもの、どこかおびえたような顔と違う、醒めた目つきだった。

「……いろいろと世話になりました」

「なに⁉」

あぜんとして俊太郎の顔をのぞきこもうとしたとたん、安田は激しく手を振りほどかれた。勢いのついた足が石につまずき、安田はのけぞった。

「うわぁぁあ!!」

もんどり打って倒れると、道をごろごろと転がった。必死に体勢を立てなおし、立ちあがってまたトラックを追おうとして、安田の足はもつれた。大勢の靴音が迫ってくる。

「おい、こら！　もう逃げられんぞ!!」

ソフト帽の男が鬼の形相で安田につかみかかろうとした。あわてて身をよじったが、ジャケットの襟を手荒くつかまれる。警官たちが押し寄せ、見動きを封じられた。

「離せっ！　クソッたれ!!」

もがきながらトラックのほうを見ると、俊太郎が呆然とした顔で見返していた。

「染谷！　おんどれ、ぶっ殺したるからなーっ!!」

安田は遠ざかるトラックに向かって吼《ほ》えた。警官がその頭を遠慮なく殴った。


俊太郎は止めていた息を大きく吐くと、荷台に倒れこんだ。

まだ震える手をさすりながら、俊太郎はつい今ほどの自分の行ないに驚いていた。

半端もんと言われた瞬間に、もう終わりにしようと思ったんや……このまんま安田と一緒におったら、一生にせもんの半端もんで終わってしまう。これがちょうど手ぇ切るチャンスやったんや……。

安田が捕まる光景は正直、俊太郎を安堵させた。荷台をごろごろと転がる。久しぶりに青空を見た気がした。

窃盗団の首領は安田であり、自分はいわば利用されたにすぎない。やつが捕まった今、追う者もそういるまい。自由や。なにをしてもいいんや。

——三十分もすると、張りつめていた気持ちがゆるんだのか、俊太郎は荷台の囲いにもたれて、うとうとと首を上下に揺らしはじめた。トラックは小刻みに振動しながら、山道を疾走している。

と、突然トラックが石に乗りあげ、大きくバランスが崩れた。

「うわぁ!!」

そのはずみに、荷台のうしろがはずれて俊太郎は路肩に投げだされた。胸を強く打って息が止まる。すぐになんとか頭を上げたが、運転席のトランペットは気づかないのか、トラックはそのままスピードを落とさず道の奥へ消えていった。

全身の痛みが和《やわ》らいだところで、俊太郎は上半身を起こした。

少し離れたところに安田のトランクが落ちている。落下の衝撃で鍵がはずれ、大量の札束がのぞいて見えた。

第三巻　俊太郎、憧れの弁士と出会う

汽車が八岐《やまた》駅に着いて、俊太郎はホームに降り立った。

まだ新しい匂いのする駅舎を抜けると周囲を見わたした。稲刈りを終えた田園地帯が広がっており、その奥に町並みが見える。

山道でトラックを転がり落ちてから、二週間が過ぎていた。あてもなく歩いて、たどりついた駅から汽車に乗り、あてずっぽうで降りたのがこの八岐駅だった。

俊太郎は風呂敷包みと安田のトランクをかかえなおすと、すぅーっと大きく息を吸いこんだ。誰にともなく小さくうなずいて、町の方角へ向かって歩きだす。季節は冬に入ろうとしている。ともかく仕事を探さなければならなかった。

広い道路は最近になって開かれたと見え、途中、ほとんどすれ違う人もいなかった。あまりに閉鎖的な町だったら、俊太郎のような根なし草が生きられる余地はない。ここ

はハズレやったかなぁ、と不安になりかけたところで十字路にさしかかった。左側を見ると道にそって家が増えている。誘われるようにその道を行くと市街地に入り、一気に通行人が増えた。急な変化に驚いて電信柱を見ると、「八岐新町《やまたしんまち》」と表示がある。

通りぞいにはさまざまな店が軒を並べ、午前中だというのに大勢の客でにぎわっていた。衣類や生《なま》ものなどを天秤棒《てんびんぼう》にかつぎ、男たちが威勢のいい声を張りあげている。きょろきょろと周りを見まわしながら歩いていると前方に幟《のぼり》が見え、やがて真新しい建物に行きあたった。活動写真館だ。

まさに〝そびえる〟というにふさわしい三階建てのしゃれた洋風建築で、壁面には、まだ匂うように鮮やかな白色のペンキが塗られていた。

屋根に「タチバナ館」と書いた大きな看板があり、その両脇には田舎では珍しいステンドグラスが配され、上映看板の派手な色彩とあい争っている。まさに豪奢《ごうしゃ》のひとことに尽きる活動写真館だった。

ハズレどころか大当たりやったかもしれん、とほくそ笑んで近づいてみると、ちょうど俊太郎の鼻先をかすめるようにしてスイングドアが開いた。思わず身を引く。和服姿の中年男が二人、腕組みをしながら出てきた。

「なんや、やかましいだけでさっぱりやったわ……」

「そうやな。やっぱり青木館のほうがええな」

地元の客らしい。男たちはしきりに首をひねりながら歩き去っていった。

今の会話からするとタチバナ館は、見た目は立派でも評判がもうひとつらしい。開館したばかりで腕の立つ弁士がいないのかもしれない。

こりゃあ、ますますツイとるかもしれん。

明るい予感がしてきた。ひととおり町を見たら、あとで仕事の口を聞いてみよう。ダメでも、青木館といったか、ほかにも写真館があるみたいだし……などと考えながら歩きだしたところで、はたと立ち止まった。

前方に警官の姿が見えたのだ。なにか探しているのか、警官はあたりを見まわしている。俊太郎は手もとのトランクに目を落とすと、あわててタチバナ館脇の路地に入る。

とたんに威勢のいい呼びこみが聞こえた。

「おなじみ人間ポンプに蛇娘、ろくろ首に電気人間。なんでもそろってよりどりみどりや！　もちろん！　旦那がたの大好きなお色気もありまっせ！　さぁ入った入った!!」

呼びこみの男は路地の中ほどに立っていた。近づくほどに、ろくろ首、人間の女の顔をもつ蛇、骸骨《がいこつ》が透けて見える男などのおどろおどろしい人形が増える。してみると、ここは俊太郎には勝手知ったる見世物小屋であるらしい。

柄の悪そうな男が「たちばな」と文字の入った法被《はっぴ》を着て呼びこみをしている。

ここも〝たちばな〟なんや……。

ポカンと見ている俊太郎に気づくと、呼びこみは強引に腕をつかんだ。

「はい、お兄さんお一人ご案内！」

「ちょっ！　いや……俺は別に、見世物はもうええねん」

「まぁそう言わんと、これなんかどうや？」

男は思わせぶりに周囲をはばかってみせ、ふところから一枚の写真を取り出した。

俊太郎の眼前をさっと横切ったのは裸の写真だった。豊満な女を上からのぞきこむように撮ったらしく、白い大きな胸と深い谷間に、俊太郎も一瞬息をのんだ。

「胸だけやないで、全部ご開帳や！　さぁ入った入った」

「い、いや。ほんまにええて」

男を振りきろうとしたとき、小屋から数人の男たちが足音高く出てきた。

「イカサマや！　金返せ!!」

「なんや、あの化けもんみたいな男は！」

「相撲取りやないか！　なにが女の裸や!!」

口々に叫びながら、怒りもあらわに呼びこみへ食ってかかる。どうやら先客らしい。

案の定、騙《だま》された口に違いない。抗議する客に、呼びこみは不敵な笑みを浮かべた。

「わしは女の裸が見られるなんてひとことも言《ゆ》うとらんがな。あんたらが勝手に勘違いしたんやないか？」

「そっ、そんな屁理屈《へりくつ》が通るか、このインチキ野郎!!」

「なんやとぉ、もいっぺん言うてみぃ！」

呼びこみは、やにわに法被を肌脱ぎにした。上半身をおおう倶利迦羅紋々《くりからもんもん》に気《け》おされ、客たちがじりっとあとずさる。

「――なにをごちゃごちゃ騒いどる！」

一触即発の空気を、おし殺した声が壊した。

恰幅《かっぷく》のいい中年男がタチバナ館から出てきた。光沢のある上等な着物に黒檀《こくたん》の杖をついた男は、客に目もくれず呼びこみの男を鋭くにらんだ。

「ええ？　となり近所までまる聞こえやないか!!」

「た、橘社長！」

呼びこみはあわてて法被を着なおすと、腰を深く折った。

「こいつらがイチャモンつけて、金返せ言うんですわ」

橘社長と呼ばれた男は、さらにすごみを効かせた目でじろりと客をにらんだ。

「お客さん、こっちも商売なんですわ。見たんやったら見物料は払《はろ》てもらわんとな」

口調は柔らかいが、有無を言わせぬ殺気がある。

そこに、小屋からふんどし姿の力士がのそりと出てきた。身の丈七尺はありそうな大男だ。たしかに豊満な白い胸をしていた。

「おい、道理の分からんやつらや。ちいっと可愛がったれ」

橋の命令で、大男は客の男たちに向かって足を踏みだす。

「うひゃぁ！」

とたんに客たちは、悲鳴をあげてわれ先に退散した。見ていた俊太郎も目立たぬよう、急いで彼らの背を追った。


通りまでもどって落ち着いてみると、タチバナ館と見世物小屋の周辺には、妙に目つきの悪い男が多かった。俊太郎は身ぶるいしてタチバナ館に背を向け、先を急いだ。

トランクが重い。万が一、安田の仲間にでも見つかったらどうしよう。せやけど警察に金を届けたら俺が捕まる。こんな金、持ってるところを警察に見つかるだけで逮捕や。山道に置いてくわけにもいかず連れ添っているが、不自由なことこのうえない。

心細い思いで運河にかかった橋をわたり、しばらくのろのろと歩くと、再びにぎやかな界隈《かいわい》に出た。表示板は「八岐町」となっている。江戸時代の匂いを残す商店が軒を連ねる古びた町並みで、こちらのほうが昔から栄えていた町のようだった。

すぐ角の交番で、おさげ髪に袴《はかま》姿の若い女が道を尋ねていた。すると警官が出てきて、身ぶり手ぶりを交えて女に説明を始めた。見るともなく見ていたら警官と偶然目が合ってしまい、俊太郎はあせった。反射的に前の店の軒先に身を隠す。

とにかくトランクを手放さないことには、おちおち歩くこともでけへん……。

俊太郎は意を決して交番に近づくと、トランクを足もとに置いた。人待ち顔で腕組みをしてみる。来ないな。しゃあない、行くか——そんな表情をつくって俊太郎は、トランクを置いたまままそっとその場を離れた。

なにげなく歩きだそうとした、そのとたん。

「ああ、もしもし！　あんた、カバン忘れてるがな！」

突然警官に注意された。俊太郎は思わず背筋を伸ばすと交番に駆けもどり、頭をかきながらトランクを受けとった。

トランクと縁が切れないなら、警察と縁を切らなあかん……。

俊太郎は自然と急ぎ足になった。速足で歩きながらうしろをうかがう。向きなおった瞬間、なにかに強くぶつかって、俊太郎はたまらず往来でしりもちをついた。

木戸口を転がり出たところで、青木《あおき》富夫《とみお》は通行人にぶつかった。

相手はしりもちをついたが、ちらっと目を落とすと書生袴姿の小汚い若造だったので、青木はかまわず楽士たちのあとを追った。

「おい、待てよ」

往来で叫ぶ。

「急に辞めると言われても困るんだ！」

われながら情けない声になった。それぞれ楽器の入れ物を持った三人は足を止めてくれたが、振り返った顔は冷たいものだった。

「もう、茂木《もぎ》の野郎には我慢でけんのですわ」

と言い放つアコーディオンの男にすがりつき、嘆願する。

「あいつの言うことなんか、気にすることねぇよ！」

横からバイオリンが口を出す。

「奥さんも、雑用だなんだって人使いが荒いし」

青木は深呼吸して、さらに猫なで声を出す。

「人手がねえんだよ。代わりが来るまでだからさ……」

フルートがいきりたった。

「ほんなら出すもん出してください。向こうは前金で払うて――」

「向こう？　向こうってどこだ！」

楽士たちは急に首をすくめ、気まずそうに顔を見合わせた。青木はそれでピンときた。

「橘か⁉　おまえら、橘に買収されたな！」

思わず地声が出た。下手《したて》に出ていた自分が悔しくてしかたない。楽士たちはうなずきあうといっせいに背を向け、そそくさと歩み去った。

「――こっちから願いさげだ！　まったく、どいつもこいつも！」

青木は三人のうしろ姿に叫んだ。

やせた拳《こぶし》を握りしめると、自分の小屋を見あげる。

江戸時代から続く、古い芝居小屋である。木戸にわたした「青木館」の木彫り看板は九尺ほどもあり、かつての栄華《えいが》を伝えている。元は「青木座」という名前であったが、十年前、活動写真館に改装したおり〝座〟の文字だけを〝館〟に取りかえていた。そのため、白茶けた看板で〝館〟の文字だけがやけに目立っている。

その左右には、先代か先々代が描かせた絵看板が何枚もかかっている。『義経千本桜《よしつねせんぼんざくら》』『仮名手本《かなでほん》忠臣蔵』……どれも近在の老若男女が押し寄せた人気芝居の一場面だが、今は色あせ、あおぎ見る人もいない。青木はため息をついて視線をおろす。

木戸の脇に上映プログラムの表示板がある。ここしばらくかけているのは『椿姫《つばきひめ》』と『火車《ひぐるま》お千《せん》』だ。

フィルムは、神戸にある配給会社の代理店から借りていた。大都市の写真館でもあるまいし、ひんぱんに演目を変えるほどの資金はない。客が入る限りは同じ演目で通していた。タイトルを大書した幟旗も、業者に頼まず手づくりである。

芝居小屋を活動写真専門館にしようと決めたのは青木自身だった。女房は伝統がどうの経費《かかり》がこうのと文句を言ったが、そこは「おまえは浅草を知らないから」で押し通した。最後は拝み倒すようにして、弁士や楽士をかかえることに納得してもらった。

それがどうだ……。

「山岡秋聲⁉」

驚いたような声がして、青木の回想は破られた。

見ると入口の脇に、先ほど青木が転ばした若造が立っていた。食いいるような視線の先をたどると、青木館所属弁士の立て看板がある。

――娯楽の殿堂 青木館　主任弁士・茂木貴之《たかゆき》　専属弁士・山岡秋聲　内藤四郎《ないとうしろう》――

「電信柱みたいな背ぇしやがって……うちになんか文句でもあるのか？」

にらんでいると若造はこちらを向いた。気弱そうに愛想笑いを浮かべている。

「……あのー、すんまへん」

「なんだ、てめえは？」

「ここ、人手が足りてへんのですか？」

「なにぃ⁉」

青木は眉間《みけん》にしわを寄せて、このうさん臭い若造を見あげた。

俊太郎が想像したとおり、「青木館」と書いた法被姿の男はここの小屋主らしい。やせぎすで背も低いが、はげあがった額《ひたい》はてらてらと光り、黒ぶち眼鏡の奥で油断のならない瞳がぎらついていた。歯切れのいい東京弁は、なにを言っても怒っているように響いた。

青木のあとをついて木戸口をくぐると、狭い式台のすぐ奥が場内への出入口。上手《かみて》には下足箱が並んでおり、その脇に細い階段がある。

場内に入ると、広々とした客席は畳敷きで、その両端には桟敷席《さじきせき》が階段状に二段構えになっている。その両側と入口側三方の壁には等間隔に飾り提灯《ちょうちん》が下がっており、下手《しもて》側にのびた花道の先、舞台の中央には大きなスクリーンが立っていた。

ただ白い幕を吊るしたものではなく板状のスクリーンが設置されているのは、活動の専門館である証拠だ。スクリーンを半分おおうようにして黒、柿色、萌葱《もえぎ》（濃い緑色）と縦縞三色の定式幕《じょうしきまく》が途中まで引かれている。二階の両側は通路になっていて、後方、ちょうど出入口の真上には四角い穴をふたつ穿《うが》った小部屋が突き出ていた。映写室である。下足箱脇の階段は、映写室へ入るためのものだろう。

青木館は、これまで巡回興行で回ったどの小屋よりも立派に見えた。ここで山岡先生と働けるなんて本当にツイてる！　俊太郎の胸は高鳴った。

……しかし、あらためてよく見ると腰板といい幕といい、いたるところ補修の跡だらけだ。地方の常設館の場合、タチバナ館のような西洋風のしゃれた建物は珍しく、芝居小屋をそのまま写真館として活用しているのがほとんどだった。建物自体にかなり年季が入っていてもしかたない。

前に立ち俊太郎を案内していた青木が、ふいに立ち止まって振り向いた。

「で、名はなんていうんだ？」

「そめ――あ、いや、国定です」

「くにさだ？　国定忠治ってか」

青木はじろりと俊太郎をにらんだが、次の瞬間、鼻で笑ってみせた。

「へっ、名前だけは立派だな」

まったく真に受けていない様子で軽口をたたくと、青木は右側を見あげた。

上手舞台寄りの桟敷を仕切って楽士席がつくられている。そこでは三人の男が弛緩《しかん》した表情で茶をすすっていた。前列の右側に和装の小さな老人、左に眼鏡をかけた洋装の初老、奥にでっぷりした和装の初老。どれも何度も水をくぐったようにくたびれた装束だった。男たちは背を丸め、こちらを盗み見ては小声をかわしていた。

青木は俊太郎を振りあおぐと、

「あれがうちの楽士たちだ」

そう言って楽士席にあごをしゃくった。

「三人しかおらんのですか⁉」

青木の連れてきた新顔が大声をあげたので、徳田《とくだ》はむっとしてその若造をにらんだ。はばかりながらこの徳田定夫《さだお》、今はしがない三味線《しゃみせん》弾きだが元は日本海海戦の勇士である。大正モダンだかなんだか知らないが、戦争にも行ったことがない若者にあなどられては黙っていられない。

「数じゃねえよ。熟練にしか出せねぇ音色ってもんがあるんだよ！」

間髪《かんはつ》をいれず小屋主の青木が若造に反論したので、徳田はわずかに留飲をさげて朋輩《ほうばい》の桜島《さくらじま》、古川《ふるかわ》と目を見かわした。

今日、三人の楽士仲間が青木館を去った。タチバナ館に引き抜かれたのだ。

残されたのは、和太鼓担当の桜島金造《きんぞう》とクラリネットの古川耕吉《こうきち》、そして自分だ。いかな新興のタチバナ館でも六十歳の老兵は要らないとみえ、彼らからの引き抜きは打診ですらもいっさい受けなかった。

福岡出身の桜島と東京から流れてきた古川は自分より十歳若いが、なに、ロートルにしてあの演奏では重ねた経験も知れたものだ。わびしくなるからわざわざ聞いてもいないが、桜島も古川も、タチバナから無視された口に違いない。

徳田が生まれた大阪では、十人ほどの楽士たちがジンタを組んで活動を盛りあげるのが普通だった。どこかの巡業隊から流れてきたらしい新入りが、わしら三人でどうするのか、といぶかしむのは当然かもしれない。

と、そこに、舞台の袖から館主の女房、豊子《とよこ》が歩いてきた。青木とそろいの法被を肉でぱんぱんに張りつめさせた豊子は、のしのしと亭主に近づき、真っ赤に塗ったくちびるを開いた。

「まぁた油売って。掃除が済んでないんだろ？〝すっぽん〟のふたが開いたままじゃないか。危ないったらありゃしないよ」

よくもそう、ぽんぽんと言えたものだ。新人を相手にいばりくさっていた青木が、とたんに態度を一転させて卑屈な笑みを浮かべた。

「いや、新入りに中を案内してたとこなんだ」

「――新入り？」

豊子はけげんそうにその新入りを見た。

「楽士たちが出ていきやがったんだ。また橘だよ」

おもねるように青木が言うと、豊子は不安そうに顔をゆがめた。

「……それで残ったのが、よりによってこの三人かい？」

あかん！　おはちが回ってきよった。

徳田はほかの二人と顔を見合わせ、あわてて愛想笑いを浮かべてみせた。豊子はしかし「ふんっ！」と鼻を鳴らして新入りに向きなおる。

「で、おまえは、なにができるんだい？」

「あ、はい。かつべ――」

カツべ？　徳田は耳をすましたが、さえぎるように青木が女房の前に立つ。

「こいつは雑用だ。呼びこみも売り子もいねえし、猫の手も借りてえとこだ。ちょうどよかったよ」

青木は東京から青木館に婿《むこ》に入った男だった。ここを活動写真の常設館に変えるなど、目端《めはし》が利くところはあるものの、二歳上の女房にはまるで頭が上がらない。

「……とか言って、楽しようって魂胆じゃないだろうね？」

「め、滅相もねえ」

ぷるぷると顔を横に振る青木を熊でも殺せそうな目つきでにらみつけたあと、豊子は再び新入りに向きなおった。

「この青木館はね、百年以上続く由緒正しい小屋なんだ……名前を汚さないよう、しっかりやんなさいよ」

最後にもう一度青木や徳田たちをねめまわすと、豊子はのしのしと出ていった。残された男たちの間にホッとした空気が流れる。

青木はなにごともなかったように横柄な口調にもどして言った。

「もとは芝居小屋だったんだ。『あの團十郎《だんじゅうろう》がここの舞台に立った』ってのが、あのくそカカアの自慢なんだよ」

「はぁ……」

新入りの薄い反応を意に介さず、青木は突然振り返ると、

「おい、浜本《はまもと》、浜本！」

映写室に向かって叫んだ。のぞき窓から映写技師の浜本が顔を出す。三十歳前後で、職人気質《かたぎ》の実直そうな男である。

「へい――なんでしょう」

「三十分開演を早めるから用意しとけ。分かったな！」

「はいよ！」

ひょうひょうと答える。青木が上映時間を気分で変えるのも、それが豊子にやりこめられたあとに集中するのも、青木館の者にとっては日常茶飯事だった。

「よし！ ついてこい！」

青木は新入りに向かってあごをしゃくると、舞台へ上がっていった。

「……嵐は去りよったな」

徳田はため息をつくと茶をすすった。それはすっかり冷めていた。

青木に先導されて舞台を歩きながら、ふと見あげると、芝居で雪を降らせるための籠がロープで吊るされていた。意外に思い注意して探したら、いろいろな演出用の装置が

そこここに残されている。

そこには、観客を少しでも喜ばせようとたくさんの人間が知恵をしぼった痕跡があった。多くのにせもんでない演者の汗が、舞台にしみついていた。

「……さだ……おい、国定！」

舞台に見とれていて、青木が呼んでいるのに気づかなかった。

「……は？」

「なにボケッとしてやがんだ、すっぽんにふたしとけ」

「へい！」

俊太郎はあわてて近くにあった頑丈そうな木の板を持ちあげ、すっぽんにふたをした。

〝すっぽん〟とは、役者を出入りさせるために舞台の花道の床を切り抜いた穴のことをいう。

弁士台のある下手の舞台裏には、六畳ほどの楽屋があった。開演まではまだ時間があるようで、弁士の姿はない。

楽屋に案内され、俊太郎は暗澹《あんたん》となった。

芝居に使われた当時のままなのだろう、一面の壁にそってわたされた横板の上に楽屋鏡が何面も置かれていた。化粧スペースなのだろうが、横板の上には読み捨てられた雑誌や新聞、空き瓶や菓子の食べかすなどがぎっしり載っており、用をなしていない。

床はというと、ちゃぶ台や将棋盤、火鉢、乱雑に積まれた座布団などの大物がひしめいているだけでなく、すきまに一升瓶や出前のどんぶりなどが押しこめられていて、もう畳が見えないほどだった。きっと片付けるのは自分だ。

細長い廊下をはさんだ部屋は上手の裏にあたり、青木夫婦が金勘定をする経理部屋、その先がすぐ裏木戸へつながっていた。

廊下の途中に階段があり、その下で青木は立ち止まった。

「住みこみか——」

「……は」

働かせてくれと頼んだとき、できれば住みこみで、とあわててつけ足したのだが、覚えていてくれたようだ。青木は思案顔で二階を見ている。

「うちはみんな通いなんだが……近頃はなにかと物騒だし、まぁ、留守番代わりに置いてやるよ」

「ありがとうございます！」

「いいってことよ——ただしその分は給金から引いとくからな」

「あ……はい」

階段を上がる青木に俊太郎も続いた。ギシギシと音をたててのぼりきると、踊り場の先に長い廊下が続いていた。

先に立って軽快に歩きだした青木のうしろ頭が突然、轟音《ごうおん》とともに消えた。

「おわぁっ！」

見ると、青木の片足が床板を踏みぬいて埋まっている。立ちつくす俊太郎の前で青木はやっとのことで足を抜くと、つま先で床を示した。

「こ、ここは床板が腐ってるから、気をつけな」

「はぁ……」

返事のしようがない。

廊下にそって部屋が二つ並んでいる。その先は二階の通路につながっており、映写室へと通じているようだ。二階へ上がるには、ここと、木戸口を入ってすぐの下足箱脇の階段と二通りの経路があることになる。

青木は奥の部屋の引き戸を開けて、俊太郎を招きいれた。

「ここがおまえの部屋だ」

六畳の畳敷きに大きな桐箱が四つ、部屋の半分を占めている。畳は日に焼け、壁もすすけている。左側の壁一面にはつくりつけの簞笥《たんす》があった。

「その桐箱は動かすな。それから、言っとくがこの部屋で煙草《たばこ》なんか吹くんじゃねえぞ」

威嚇《いかく》するように目をむくと、青木はきびすを返した。

「荷物を置いたら、さっそく下の掃除にかかれ」

言い置いて、あわただしく階下へ向かう。

「ふう……」

俊太郎は荷物をおろして桐箱ににじり寄り、ふたを開けてみた。どの箱の中もフィルム缶が詰まっていた。

常設館はこのころ、興行形態によって「直営館」「特約館」「自由上映館」の三つに分かれていた。

直営館は会社から上映プログラムを決められ、期日にフィルムが送られてくる仕組みで、優先的に新作が回るため「一番館」ともいわれる。特約館は、特定の会社と一定期間の専属契約を結んで興行する。青木館はどちらにも属さない自由上映館で、独自で上映作品を決め、代理店からフィルムを借りうける。いろいろな小屋を経由したフィルムは傷んだり、途中を抜きとられたりしており、返却するのが原則であっても、うやむやにフィルムを〝借り続ける〟館も多い。このストックは、そんなうやむやの集積であった。

桐箱はいずれ青木に頼んでよそに移してもらおうと決め、俊太郎はわずかな荷物を、壁につくりつけられた箪笥にしまった。そしてくだんのトランクを見おろし考えこむ。この部屋はフィルムの出し入れのために、いつ誰が出入りするか分からん。誰かにこの中身を見られたらえらいこっちゃ……。

頭をひねると低い天井が目に入った。

……これや。

天板をはずしてトランクを持ちあげ、手の届く限りの天井の奥に押しこめると、もとどおりに板をはめる。天井裏をわざわざのぞく物好きもおるまい。

やれやれとひと息つき、俊太郎はあらためて部屋を見まわした。桐箱以外はなにもない、殺風景な部屋だった。窓も古びてすきま風がきつい。

せやけど、贅沢《ぜいたく》が言える立場なんか？

にせ巡業隊のときはほかの手下三人と雑魚寝《ざこね》か、ひどいときはトラックの荷台で寝ていた。それを思えば、部屋を持てただけ幸せというものだ。

俊太郎は財布から一枚のチラシを取り出した。かつて、梅子と名乗る少女からもらった『国定忠治』のチラシだ。

あの子は俺のことを「絶対、弁士になれる」と言ってくれた……。

青木に尋ねられてとっさに国定を名乗ったのも、あの思い出のせいだったかもしれない。俊太郎は壁にチラシを貼ると両手を合わせ、静かに目を閉じた。

「ええな、俊太郎。一から出直しや……」

青木館には花道と壁一枚をへだてて裏廊下がある。役者や裏方が、客の目に触れずに客席のうしろから舞台の奥まで行き来するのに使う廊下である。

俊太郎は山のような洗濯物をかかえて、その長い廊下をよろけながら歩いた。洗濯場へ案内する豊子の庇髪《ひさしがみ》が目の前で揺れている。

「橘ってのは、隣町一帯を仕切ってるヤクザでね、最近になって写真館をつくったのよ」

豊子は振り向くと、さもしゃくにさわるという顔をした。

「タチバナ館ですな。ここに来る途中で見ましたわ、なかなか立派やった——」

合わせるつもりだったのに、豊子は怒号で話の腰を折った。

「なにが立派なもんかい。〝仏つくって魂入れず〟って言うだろ！」

「す、すんまへん」

豊子ににらまれ、あわてて頭を下げる。

「そのタチバナ館がうちの連中をごっそり引き抜いたのさ……まだうちも看板弁士がいるから、つぶれずにすんでるけどね」

うれしくなってあいづちを打った。

「さすがは山岡先生ですな。あっちでも評判ええみたいでしたわ」

たしか、タチバナ館から出てきた客が青木館をほめていた。

「はぁ⁉　なにを言ってんだい、あんな飲んだくれ！」

「え⁉」

飲んだくれ？　誰が……？

二人が楽屋に入ると、地をはうような重低音のいびきが聞こえてきた。豊子があごをしゃくる。

「その飲んだくれだよ……いったいいつまで寝てる気なんだろうね」

豊子はいまいましげに、山と積まれた座布団を見た。いびきはまったくやまない。

「うちは旅館じゃないっての、まったく！」

俊太郎がよく見ると、折り重なった座布団の下からすね毛だらけのふくらはぎと汚れた足袋《たび》が飛び出ていた。

……人？　も、もしかして、山岡秋聲⁉

まさか、先ほどからずっと座布団の下で寝ていたのか？

当惑していると、廊下から男の怒声が聞こえた。豊子が愛想笑いを浮かべながら声の主のほうに近づいていく。

「おめえら、なに考えてんだ⁉」

どなりながら入ってきたのは、スラリとした長身の青年だった。三十歳くらいで、ぬめぬめと光る銀色のスーツがよくにあう。

「なんだあの写真は⁉　場面転換が早すぎて俺の説明が入んねぇだろうが！」

あとを追ってきた青木が犬ころのように青年にまとわりつき、頭を下げる。

「いや、近ごろはあんな写真が流行《はや》ってんだよ――」

「バカ野郎！」

青年は一喝した。顔をゆがめると下品な本性がのぞき、せっかくの美男子がだいなしである。

「客はなぁ、俺の説明を聞きにきてんだよ。駄作も俺にかかりゃ一級品になるんだ。流行りなんて関係ねえっ！」

青木はとたんに小さくなってうつむいた。この男が主任弁士の茂木貴之なのだろう。なりゆきを見守っていた豊子が、とりなすように茂木に手を伸ばした。

「まぁまぁ茂木先生、そう熱くならないで」

茂木は豊子の手を払うようにし、ばっさりと斬り捨てた。

「厚いのはあんたの化粧だろ！」

「……‼」

豊子はつくり笑いを凍らせた。あえぐように口を開けたかと思うと顔をゆがめ、青木にとりすがった。

俊太郎がなすすべもなく立ちつくしていると、今度はでっぷりとした羽織袴《はおりはかま》姿の男が楽屋に入ってきた。丸顔に眼鏡、色白。格好からして、この中年が三人目の弁士、内藤四郎なのだろう。

内藤は、入ってくるなり不穏な空気を察したか、一瞬で無関係を決めこんだらしい。

「おっと。バッドタイミング！……ソーリー、ソーリー」

誰にともなくつぶやきながら茂木の横をすり抜け、鏡の前にちょこんと座る。

「ええと、喉の薬は……と」

われ関せずと鏡台の前をいじりはじめた。

俊太郎が内心であきれていたら突然、座布団の山が崩れた。一同が動きを止めてそちらを注視する。男がのそりと起きあがったかと思うと、ゆっくりと周囲を見まわし、茂木に向かってボソリとつぶやいた。

「時代は変わる……いつまでも同じやり方は通用せん」

ちゃぶ台に手を伸ばして湯飲み茶碗をつかむ。残っていた酒をグビリと飲みほした。

こめかみが熱く脈打った。まさか、目の前のこの男が山岡秋聲だなんて……。

たしかに面影はある。しかし目の前の男は、クシャクシャの髪で赤ら顔の無精髭《ぶしょうひげ》、着物もだらしなくはだけていた。山岡は生気に満ちあふれた人気弁士だったはずだ。

俊太郎の困惑をよそに、茂木が吐き捨てた。

「そう言うあんたは、ただの酔っ払いじゃねえか!!」

ステテコ姿の山岡を汚らわしそうににらむと、憤然と部屋を出ていった。

「ははは。まさに水と油ですなぁ」

喉薬をひと飲みして、内藤がおかしそうにつぶやいた。


明治三十年。大阪ミナミの演舞場で、日本で初めて活動写真が上映された。フランスのリュミエール兄弟が発明したシネマトグラフという映写機によるものだ。

その前にはキネトスコープと呼ばれる、のぞき穴式映写機での興行も行なわれていたが、こちらは一度に一人しか観ることができないからくりだったため、シネマトグラフでのスクリーン投影式上映をもって〝日本映画の誕生〟とするのが一般的である。

このとき、青木館の映写技師、浜本祐介《ゆうすけ》は祖父に連れられ演舞場で活動写真を観たらしい。とはいえ、そのころ浜本は二歳。覚えていようはずもない。

しかし、中学を出てすぐ奈良にある祖父の家に下宿させてもらった浜本は、ある日、偶然観た活動写真にはまってしまう。

山高帽、ドタ靴、チョビ髭にステッキを持った男が大暴れする写真だった。それ以後、夢中で活動写真を観ていたあるとき、映写技師見習いの貼り紙が目にとまり、飛びこんだのが青木館だった。五年前のことである。

この日、興行を終え、浜本が使用したフィルムをリールに巻きとっていると、遠慮がちなノックの音がした。

顔をのぞかせたのは新入りだった。

「浜本さん、ちょっとお邪魔します」

「おう……国定やったか？　ちょうどええわ、代わってくれ」

新入りはいそいそと部屋に入ろうとして、驚いたように足を止めた。映写室にこもる熱気にたじろいだのだろう。

このころの映写機は炭素棒同士を接触させて放電し、その光を光源にするカーボン式であった。炭素棒が高温で燃えるために、上映中と直後の映写室はサウナ風呂状態だったのだ。

国定がフィルムの巻きとりを始めると、浜本は首のタオルで顔をごしごしと拭き、休憩用のいすに座って肩をグルグル回した。

「一日中、回してみ。ほんまエライで」

都会の劇場ではとっくにモーターつきの映写機が導入されていたが、青木館ではまだ手回し式だった。

映写機にかけられるのは、せいぜい十五分のフィルムである。一時間の映画であればフィルムが四、五巻に分かれるため、空白なしに上映しようとすると、二台の機械にそれぞれ技師がついて交代で映写することになる。が、浜本の相方はタチバナ館へ引き抜かれてしまい、浜本は一日中、一人でクランクを回さねばならなくなったのだ。

ようやくひと息つくと、浜本は巻きとり作業に集中する国定に声をかけた。

「どやった？　青木館第一日目は？」

「はぁ……。今日は掃除、洗濯、買い出しに追われて……」

口をとがらせたかと思うと、国定は小さく笑った。

「なんや、写真館に入った気ぃがしませんでしたわ」

なかなか愛嬌《あいきょう》がある。浜本は共感の笑みを浮かべた。

「ほんま、あの夫婦は人使い荒いさかいな。まぁ……ぼちぼちやっとったらええわ」

「そうします」

一巻を巻き終えるとリールを置き、国定は浜本のほうに向きなおった。

「……あのう、浜本さん。茂木先生って、そない人気あるんですか？」

たしかに茂木は性格が最悪だし、三人の弁士のなかでも最も若い。なぜやつが主任弁士なのか、国定には不思議なのだろう。

「まぁ、お涙ちょうだいもんを演《や》ったら天下一品やな」

茂木が得意としたのは新派劇、明治末期から一世を風靡《ふうび》していた現代ものである。特に明治の人気小説を原作とした『金色夜叉《こんじきやしゃ》』『不如帰《ほととぎす》』『婦系図《おんなけいず》』の〝三大新派悲劇〟は、女性客から絶大な支持を得た。

「茂木先生の回は女の客ばっかりや。せやからまるで人気俳優気取りで、説明しながら客に流し目送ったりしよる。暗がりや、ちゅうのに」

浜本は新入りに、青木館所属弁士それぞれの実力を教えてやることにした。

悲恋ものの時代劇、『火車お千』の上映中のことだ。

客席は女たちで埋めつくされており、説明する茂木をとろんとした目で見つめている。

〈――宵闇《よいやみ》焦《こ》がす御用提灯《ごようちょうちん》。お千の姿が浮かびあがる。

「火車お千！　神妙に縛《ばく》につけい！」

がんじがらめの火車お千。十手《じって》、捕り縄、御用の声。熊手、刺股《さすまた》、袖搦《そでがら》み。持てる道具がなにもかも、冷酷非情な獣と化してお千を狙う！

「もう仇《かたき》はとったんだ。清十郎《せいじゅうろう》さまのいない娑婆《しゃば》に今さらなんの未練があるものか。火車のお千、立派な死に華を咲かしてやるよ！」〉

と、ここでため息を漏らし流し目をくれる茂木。

「ああ……！」

女たちは女学生といわずおかみさんといわず、一瞬にしてバタバタと失神――。

あんぐりと口を開いたまま聞く国定を見て、浜本はますます興《きょう》に乗った。

「それから、内藤四郎っちゅう先生はやな、師範学校出を鼻にかけた嫌みなやっちゃ。このおっさんがえらい汗かきでな。説明しながらどんどん着てるもん脱いでいきよる」

「はぁ⁉」

「客は気づいてないいんやけど、そうなると周りは大忙しになるんや……」

内藤が流れる汗を拭きながら『ノートルダムのせむし男』を説明している。

〈All Quasimodo knew was that this girl had once been kind to him……カジモドは知っていたのだ。この娘がかつて自分に親切にしてくれたことを――〉

流暢《りゅうちょう》な発音でわざわざ英語字幕まで読んでから説明する内藤は、上映が始まって数分もすると汗まみれになり、やがて暗闇に乗じて羽織、袴、着物、襦袢《じゅばん》、肌着……と次々に脱いでいく。

〈エスメラルダは言った。おまえが私を助けてくれたのかい、メルシー。このメルシーとはフランス語でありますが、英語ではサンキュー。〝ありがとう〟という意味です〉

客に見えぬように青木が舞台袖から顔を出し、団扇《うちわ》で弁士をあおぐ。豊子はそっとカキ氷を手わたす。裸になった内藤は足もとに衣類をまとわりつかせ、説明を続けながら器用にカキ氷をほおばる――。

「それを、終わりごろになったらきちんと着直しよる。器用なやっちゃで」

写真がクライマックスを迎える。内藤は声高らかに説明を続けながら肌着、襦袢、着物……と順番に着る。

〈パリの街に余韻嫋々《よいんじょうじょう》と響きわたる鐘の音は、彼の心の叫びにも似て、喜びと悲しみのシンフォニーを奏でるのであります。

醜き姿に秘められたる美しき魂は真実のラブ、すなわち愛を供として、天へ召されたのでありました。

――『ノートルダムのせむし男』、これにて全巻の終了であります〉

明かりがつくと、着物姿にもどっている内藤は客席をキリリと眺め、退場していく。

国定は口を開けて固まっている。信じられないとみえる。浜本はにやりと笑った。

「どや。奇怪千万な話やろ？」

「そ、そしたら山岡先生はどうです？　あいかわらず人気なんやろか」

山岡秋聲か……。こいつ、山岡先生が贔屓《ひいき》なのか。

「まぁ……昔は人気もんやったけどな」

「え……」

「今は、暇さえあったら酒飲んどる。山岡秋聲で客を呼べる時代は終わったわ」

国定はガックリと肩を落とした。浜本は巻き終わったフィルムを受けとると、筒状の缶にしまってまた国定に持たせた。

「ほい。こいつはフィルム倉庫行きや」

「フィルム倉庫?」

国定は缶を手にポカンとしている。

「おまえが使《つこ》とる部屋やろが」

「あっ……あれ、仮に置いてあるだけやなかったんですか?」

あぜんとしている。

「……せやけど……賃料を給金から引くって……」

「あの館主はケチなんやて。ええか、フィルムはほんま燃えやすいんや。映写室に置いといてな、真夏に室温が上がって、火事になったちゅう話もあるくらいなんや。せやから、桐箱に入れてしもうとき」

「へえ……」

分かったのか分かってないのか、国定はなにやら意気消沈して去っていった。

俊太郎が青木館に転がりこんで十日ほど経ったころ——。

安田虎夫は暗がりに身をひそめ、活動写真を観ていた。アメリカ作品の『十誡《じっかい》』である。ふかふかのいす席は快適だったが、かんじんの作品はまったく頭に入ってこなかった。そもそも苦手な洋物の、それも聖書をもとにした話とくれば、神も仏もない稼業の安田にとっては完全に興味の外である。

それでも安田は姿勢を正し、さも映像に熱中しているふりを続けていた。

前の座席にいるのは橘重蔵《じゅうぞう》、このタチバナ館のオーナーにして安田のボスである。三週間ほど前に安田は兵庫で木村とかいう刑事《デカ》に逮捕された。にせの興行による詐欺《さぎ》と窃盗容疑で、しばらくは臭い飯を覚悟していた。

ところがある日、収監されている拘置所に見慣れない看守が現れて、安田を外に連れだした。そこには荷車を引いた自転車が用意されており、看守は作業員に早変わりすると安田を荷台の荷物の間に押しこめた。荷台に筵《むしろ》をかけて男は自転車にまたがり、あとはそのまま八岐新町まで自転車旅行。安田はまんまと脱出に成功した。

にせの看守を送りこんだのも脱出の段取りも、すべては橘が手引きしてくれたのだ。もっとも橘にすれば、安田がよけいなことをしゃべって、芋蔓式《いもづるしき》にパクられてはたまらないということかもしれない。

橘の命令で、巡業隊をつくって旅に出たのが五年前。定期的に連絡はとっていたものの、こうして会うのは二年ぶりだった。

しかし橘興業の事務所で顔を合わせたとたん、橘は安田を制して活動写真館の中に連れてきた。

橋は隣に娘を連れている。名は琴江《ことえ》。娘がいることは聞かされていたが、実際に会ったのは初めてだ。大事な箱入り娘で、たしか手下たちからは遠ざけていたはずだが……。二十代のなかばを過ぎたくらいだろうか、目つきのきつい、なかなかの美形だ。モダンな洋装に身を包み、高い香水の香りをふりまく琴江に、安田の股間《こかん》は一瞬、反応しそうになった。が、腰を低くして挨拶する安田に対し、

「あっ、そう。……お父さま、早く」

と、道ばたのゴミをまたぐような態度で遇され、即座に萎《な》えた。

橘重蔵は、先々代が幕末の混乱期にせしめた土地を利用して見世物小屋や遊技場、金貸し業などを手広く経営していた。大正時代に発展したというこの八岐新町で、橘興業の息がかかっていない店や会社はほとんどなさそうだ。

上映前に橘が上機嫌で説明したところによると、このタチバナ館は一年ほど前に始めたばかり。もともと芝居小屋だったのを借金のカタに差しおさえ、全面改装して、すべていす席のうえにオーケストラボックスを配し、頭上では優雅に天井扇が回るこの豪華な活動写真館を完成させたのだという。「わしのアイデアーやない、琴江のセンスや」とうれしそうにつけ加えて。

しかし、橘は口で言うほど活動写真に興味があるわけではなさそうだ。オーケストラボックスで十人もの楽士が懸命にクラシック音楽を奏でるなか、ポマードで固めた橘の

後頭部はときどきがくっと傾く。そのたびに琴江が乱暴に父の肩をこづいた。

「……おお、すまんすまん。せっかくおまえが交渉して持ってきてくれた新作やったな……ほんで評判になっとる場面は、いつ出てくるんや？」

『十誡』は新作だから、小さな町の写真館なんぞではたしかになかなか観られない代物であった。橘は猫なで声で娘の機嫌をとろうとし、かえっておかんむりにさせてしまったようだ。

「……しっ！　静かに！」

琴江は、父をにらんで身を乗りだす。

スクリーンでは、崖の上に立ったモーゼという老人が両手を広げていた。すると、おお、目の前の海がまっぷたつに割れてゆく。牧野省三が撮っている、人がドロロンと消える忍術ものとは違って、これは本格的な特殊撮影だった。

楽士たちがここぞとばかり重厚な音楽で盛りあげると、音に負けまいとして弁士は懸命に声を張りあげた。

〈「民に代わりて主《しゅ》が戦ってくださるのだ！　見るがいい!!　主の力強き御手《みて》を！　ええ〜い！」

モーゼの声は天に届き、轟音あげて海はまっぷたつに割れてゆく〜！〉

前のめりに見ていた橘が、隣の琴江に笑顔を向けた。

「ええやないか、琴江。なかなか豪勢やなぁ」

「――ふん。かんじんの説明が、あかん」

吐き捨てると、つやつやした断髪の頭を横に振った。

琴江のようなモダンガール、いわゆる〝モガ〟は、田舎町ではまだかなり珍しい。かえって田舎者の反感を買うのではと安田なんぞは思ってしまうが、それがまた橘にはたまらなく可愛いようだ。

「そうか……ま、おまえの好きにしたらええ」

二十代の若い弁士はさらにありったけの声を張りあげる。

〈「おじいちゃま、あれを見て‼　海が割れて道ができていくよ！」

「……おお、神の息が風となり、海を吹き飛ばしてしまったのじゃ！」

う、ゴホゴホゴホ……〉

弁士は勢いあまって、とうとう苦しそうに咳《せ》きこんだ。琴江がいらだたしげに立ちあがると、橘もあわてて腰を上げる。出口に向かう父娘のあとを、安田も急いで追った。

タチバナ館は変則的な造りで、上手の出入口の外がロビーである。琴絵たちはロビーに出て、そのまま左手すみの従業員専用扉に向かった。その中は橘興業の事務所になっている。

琴江が勢いよくドアを開けると、何人もの若い衆があわてて頭を下げた。琴江はまっすぐ事務机に進み、机に腰かけてなにやら書類を見はじめた。安田は橘のあとについて、奥のソファに座った。先ほどの重厚な音楽がかすかに漏れ聞こえる。事務所はスクリーンの裏手に位置していた。

ひと息つくと安田は襟《えり》をただして立ちあがり、深々と頭を下げた。

「社長、このたびはありがとうございます。おかげでこうして――」

くどくどと礼を述べようとするのを手で制すると、橘は持っていた杖をかたわらに置いて身を乗りだした。

「済んだことはもうええ」

おだやかな笑顔を浮かべて言った。

「じつはな、この小屋を琴江にまかそうと思てる。今後は娘に手を貸したってくれ」

琴江は驚いたように橘を見た。

「ちょっとお父さま、どういうこと？　私、ひとりでやっていけるわ」

「商売は甘ない。この安田は活動写真でシノギをやってきた。きっとおまえの役に立つ……なぁ安田？」

安田はかしこまって即答する。

「へい。喜んでお手伝いさせていただきます」

なおも不満げな顔をする琴江に、橘は優しいまなざしを向ける。

「さ、琴江。ぼちぼち時間やろ。なんやらいう弁士を聞きにいくんやないか？」

「茂木貴之よ、青木館の主任弁士――もうひと押しで落とせるわ」

琴江はそう言うと安田を憎々しげに一瞥《いちべつ》し、スカートをひるがえして出ていった。

「ハハハ……顔は早くに死んだあれの母に似てるが、性格はわしやなぁ。やっぱり血は争えん」

橘は身体をよじり、なごり惜しげに娘の去ったドアを見ていた。と思うと向きなおった。

「なぁ……安田？」

橘はいきなり立ちあがり、手にした杖を容赦なく安田の頭に振りおろした。身構えるすきもなかった。

「このあほんだらが！　手足ぶった切って見世物小屋の〝ダルマ男〟になるか⁉　あぁ⁉」

怒りにふくらんだ顔で、こめかみに血管が太く脈打っている。安田はたまらず、頭を押さえながらソファを転げ落ちた。

「そ、それだけは勘弁してください……」

そのまま土下座し、橘をあおぎ見る。

「二度とヘタこくんやないぞっ‼」

黒檀の杖が頭となく身体となく降りそそいだ。

「すんません、すんませんっ‼」

視界が血で染まり、やがて安田の意識は遠のいていった。

「えー、おせんにキャラメル。ラムネにあんパンどないでっかぁ」

「お兄さん、キャラメルひとつちょうだいな」

「あいよ！」

俊太郎は売り物を入れた箱を肩にかついで、女性客の間を飛びまわっていた。

茂木の回は、今日も女性客であふれている。

時間となり俊太郎が舞台に上がって、定式幕を下手から上手に向かって開けると、茂木貴之がゆっくりと舞台中央に現れた。女たちの黄色い歓声が飛ぶ。

すると茂木は、羽織っていたフロックコートを脱ぐなりサッと客席に投げ入れた。

「またや……」

舞台袖に控えていた俊太郎は急いで客席に駆けおり、奪いあう女の集団からコートを引っぱりだす。最初、ファンへの贈り物かと思ってほうっておいたら青木に叱られた。

茂木は余裕の表情で会場が静まるのを待つと、歌舞伎役者のように首を振り身体をひねり、と、おおげさな身振りで前説《まえせつ》を語る。

〈皆様ようこそご来場をたまわり、従業員一同になりかわり、当館主任、茂木貴之より御礼申しあげます――。

互いに愛の絆《きずな》の切れることなく、死してなおともにと願う……不朽の名作『不如帰』。ハンケチご用意のうえ、ごゆるりとご高覧のほど願いあげます〉

茂木が弁士台に着いたのを見はからって、俊太郎が袖にある配電盤のスイッチを切り、場内が暗くなると、ほどなく『不如帰』が始まった。

『不如帰』は徳冨蘆花《とくとみろか》の小説で、この時代にはすでに十回以上も映画化された新派悲劇の代表作である。

武男《たけお》と浪子《なみこ》が逗子《ずし》の浜辺を歩いている。劇中、最も涙を誘うシーンである。

〈空はあおあおと晴れて雲なく、武男と浪子はうち連れ海岸に歩《ほ》を進めるのであった。悲しい日々を送っていた浪子の胸にも暖かい風が吹きこむかのようであった。

だが今夜にも愛しい夫はまた船に乗り、自分のもとを離れていく……ああ、思うまい、思うまい――〉

茂木は思いいれたっぷりに虚空《こくう》を見つめ、ふっと頭《こうべ》を振ってみせた。

〈だが思うまいと思うほどにつらさ、切なさがつのる、女心の悲しさよ――〉

情感あふれる説明に、女たちはひっきりなしに涙をぬぐっている。

〈「どうした？　元気がないじゃないか」

「武男さん。治りましょうか、私の病」

「治らなくって、どうする」

「お母さまもこの病気で亡くなりましたの。ですから、私も治らぬのではないかと心配で……」

「なにを言うのだ、治るよ。きっと治るとも。治らないと言うのは、浪さんが僕のことを愛しておらんからだろ？」

「ごめんなさい……治りますわきっと。でも、人間はなぜ死ぬのでしょう……生きたいわ……千年も、万年も。私、死んでもあなたの妻ですわ」〉

女たちが発する化粧の匂いとすすり泣く声に、俊太郎は圧倒された。

客席に目をこらすと、桟敷席に一人、ハンカチも使わず昂然《こうぜん》と茂木を見ている女がいるのに気づいた。和服の女たちのなかで、白い洋装の女はよく目立つ。

なんや、あの女《ひと》……泣くどころか、ほくそ笑んどる。

その女は、女性客でいっぱいの客席と流し目を送る茂木を交互に見てはふくみ笑いをしていた。なんとなくうさん臭い。

後半にさしかかったあたりで俊太郎は袖を離れ、映写室へ向かった。映写室の中はあいかわらず、うだるような暑さであった。

「ご苦労さんです」

したたる汗を手ぬぐいで拭きながら映写機を回す浜本に声をかけ、売り物のラムネとあんパンを近くの机に置く。なにげなくのぞき窓からスクリーンを見ると、妙なことに気づいた。

「せやけど、なんやもったりした写真ですな?」

浜辺の二人の歩き方が、やけにスローテンポな気がするのだ。

「ああ……茂木先生のしゃべりに合わせとんのや。むだに、ようけしゃべるからな」

浜本を振り返ると、なんと映写機をゆっくり回していた。いつもの半分くらいの速さではあるまいか。

「弁士がしゃべる文句は、それぞれが自分でつくっとるやろ。せやから同じ写真でも、弁士によって場の説明も台詞《せりふ》の言いまわしも違う。茂木先生はたーっぷりしゃべるから、普通の速さやと途中で場面が変わってしまうんや」

こともなげに言うと、浜本はいきなり足の指に映写機のクランクをはさみ、足で映写機を回しはじめた。自由になった手でラムネを飲み、あんパンをかじる。

「か、神業《かみわざ》や……!」

俊太郎は目を丸くした。

「相方がおったころは映写機も二台あって、交互に映してたんやけどな……」

と、そこに、せかせかと青木が入ってきた。浜本はあわててもとの体勢にもどり、クランクにとりつく。

「おい、二巻飛ばせ！　今日は客の入りがいいから、もう一回よけいに演るぞ！」

「はいよ、二巻飛ばし……と」

浜本が、並べていた残りのフィルムから二本を選んで抜きとる。青木は満足げにうなずくと、目をまたたかせる俊太郎にかまわずせかせかと出ていった。

「……飛ばすって、お話を？」

浜本はいたずらっぽい顔で俊太郎を見やった。

「そうや。稼げるときに稼ごう、いうことや。よくやるんは、フィルムを早いこと回して、さっさと終わらして上映の数《は》を増やす。途中から急がせよう思たら〝飛ばし〟ゆうて、途中のフィルムを抜いて早よ終わらすんや。青木館だけやない、どこでも普通にやっとるわ」

「ふわぁ……えげつな……」

「終わりに『これにて、全巻の終了であります』いうわな……ほんまは、途中抜いとるんやけど、それを客に悟られんように説明するのが、弁士の腕っちゅうもんなんや」

茂木の回が終わると、徳田たちはいつものように楽屋で休憩をとった。

「さすがの茂木やんも〝飛ばし〟にはあわてとった。ええ気味や」

「誰や茂木やんて。その、誰んでもすぐ『やん』つくっとは、やめとけって」

徳田に難癖《なんくせ》をつける桜島は、和太鼓や鼓《つづみ》、摺鉦《すりがね》の手入れをしている。〝鳴り物〟すべてを担当しているので大忙しなのだ。

「今日はもう一回よけいに回すのか……もうクタクタだ」

古川が深いため息をついた。本来のクラリネットに加え、フルートも演奏するようになったので疲れるのだろう。

「次は山岡先生やけん、よけい大変やな。三味線だけ弾いとるやつがうらやましか」

桜島が徳田を見て、あてつけのようにため息をついた。とたんに徳田の頭に血がのぼる。

「ふん。おまえの太鼓なんか。やかましいだけや」

「へっ。おまえこそ口三味線ばーっかりやなかか！」

「わしがいつ口三味線弾いた⁉　わしは先の戦争で元帥《げんすい》より勲章を授かった男やで。おまえの子どもだましと一緒にすな！」

「ほらまぁた、口三味線が始まった」

「おい、もうやめろ。いい年してみっともない」

古川が割って入ったところで、小僧の国定が小腰をかがめて入ってきた。

「山岡先生おられますか？　そろそろ出番です。よろしゅうお願いします」

「――ふぁ、そうか？」

座布団の山が崩れて、山岡が顔を出した。

おったんかい！　徳田は驚いて山岡を見た。

徳田は活動写真専門となった十年前から青木館にいついている、いちばんの古株である。誰に対しても調子よく立ち回っていたが、この山岡だけは苦手だ。声をかけるどころか近寄るのさえはばかられる。

巡業に立ち寄る各地で好評を博すという、山岡秋聲のうわさはもちろん知っていた。その山岡が三年ほど前にふらりとやってきて「ここで俺を雇ってほしい」と言ったので、館主の青木は大感激したものだ。

ところがふたを開けるとこれこのとおり、四六時中の飲んだくれだ。豊子はすぐに激怒してとっとと追い出したがったが、青木が「腐っても鯛というじゃないか」とかなんとか言ってなだめてきた。

徳田は、ときおり見せる山岡の鋭いまなざしに恐怖を覚えた。あの眼でにらまれると、すべてを見透かされるような気がして落ち着かない。

そして、山岡の舞台はほかの弁士の回より緊張する。なぜなら、客は楽士の演奏だけを聞くことになるからだ。

俊太郎が定式幕を開けると、客席はガラガラだった。あんなにいた女性客は、茂木が終わると帰ってしまったのだ。俊太郎は袖にやってきた山岡の顔色を思わずうかがったが、当人に客の入りなど気にする様子はなかった。

さすがによれよれの着物からフロックコートに着替えていたが、颯爽《さっそう》としたかつての雄姿はまったくとどめていない。

山岡はぼそりと指示を出した。

「早く明かりを消せ」

「は、はい」

本来なら、前説でこれから語る写真を簡単に解説するのが定番だが、山岡は登壇するとすぐにフィルムを始めようとする。これも少年時代に知っていた山岡とは別人だった。

さっさと弁士台に向かう山岡を見て、あわてて場内の明かりを落とすと、すぐに『椿姫』の上映が始まった。

アラ・ナジモヴァ演じる高級娼婦と純情な青年、アルマンの悲恋物語である。アルマンを演じたルドルフ・ヴァレンティノはそのエキゾチックな容姿によって、アメリカで人気が出はじめていた。

楽士の演奏に乗ってフィルムが進むが、やはり今日も……山岡は、ほとんどしゃべらない。ただ弁士台でほおづえをついているのだ。観客たちはそんな山岡を不満そうに眺めている。

椿姫ことマルギュリットが、社交界の紳士たちと、飲んで踊って乱痴気《らんちき》パーティーを繰り広げる、長々と続くこのシーンに山岡はつぶやくように言葉を発した。

〈享楽の日々におぼれるマルギュリット。退廃にまみれた暮らしは、彼女の心と身体を蝕《むしば》んでいく〉

するとまた、ジッと黙りこくったままスクリーンを凝視する。

客席のざわめきが少しずつ大きくなっていた。そろそろ文句のひとつも出てくるころである。俊太郎はハラハラしていた。

スクリーンは、マルギュリットにアルマン青年が献身を誓うシーンになる。心身ともに疲れはてたマルギュリットはアルマンの愛を受けいれ、二人は熱烈に口づけをかわす。

〈マルギュリットが求めていた愛は、アルマンが捧げるがごとき愛であろうか……〉

山岡の説明はまるでなげやりに聞こえる。手がかりだけを与えて、答えは観客自身が自分で考えろといわんばかりだ。

観客たちは、ついに騒ぎはじめた。

観客が求めているのは〝答え〟なのだ。映像が伝える以上に楽しさも悲しさも盛りあげてくれる〝あおり〟の説明なのだ。俊太郎はなすすべもなく、騒ぐ客席を見やった。

「おい弁士！　聞こえへんぞ！」

「せやから、どんな愛やっちゅうねん。説明せんかい！」

「しゃべらんでええんやったら、弁士っちゅうのは楽な商売やなぁ」

「飲みすぎで舌が回らんのとちがうか？」

とうとう場内から爆笑が起こった。と、突然――。

「黙って聞け！　画《え》を見てりゃ分かる‼」

山岡は大声で客席を一喝すると、再びほおづえをついた。

画面が変わり、花が咲き誇る草原でまどろむマルギュリットのもとへアルマンがやってきた。アルマンは一冊の本を取り出してマルギュリットに読み聞かせる。

〈その無垢《むく》なる献身……捧げるはマノン・レスコーの物語〉

やがて物語はクライマックスを迎える。ひとりベッドで死の淵《ふち》をさまようマルギュリット。その手にはアルマンにもらったマノン・レスコーの本があった。

ついに最期のときを迎え、アルマンのことを思いながら息絶えるマルギュリット――。

〈はかなき椿の花、ここに散る……〉

山岡はひとことつぶやくと、スクリーンに「ＴＨＥ　ＥＮＤ」の文字が出るのを待たず、さっさと舞台袖へ消えていった。

俊太郎はあわてて場内の明かりをつけた。

連れと顔をしかめあう客、首を振る客、席を蹴立《けた》て、不満げに帰っていく客のなかに、たったひとりだけ拍手する男がいた。粋な和服に身を包んだ若い男である。ようやく席を立つと男は、幕を閉めるのも忘れている俊太郎に会釈した。満足そうな笑みを浮かべて出ていく男を、俊太郎はぽかんと見送った。

第四巻　俊太郎、おおいにウケる

閉演後、俊太郎が場内を掃いていると突然明かりが消え、スクリーンに写真が映しだされた。

浜本が、新しく届いたフィルムの確認でもするのかと眺めていたが、どうもそうではないらしい。武家の娘らしい若い女が歩いてきて、道ばたで立ち止まりにっこりとほほ笑む。すると女はまた道の向こうにもどり、再びやってきてほほ笑む。つまり時間にして四、五秒の、ただそれだけの映像が繰り返し映しだされるのだ。

時代劇の一場面らしいが、娘のほほ笑みはまるで見ているこちらに向けられているようだ。演じている若い女優はとても美しかった。

このフィルムはなんだ？　これは誰だ？　俊太郎は箒《ほうき》を投げだし、すぐに映写室へ向かった。

中では浜本が熱に浮かされたような目で、映写機を回し続けていた。見ると、フィルムの頭とお尻をつないで一本の大きなループ状にしてある。なるほど、こうすれば繰り返し同じ場面が映せるのだった。

俊太郎のもの問いたげな視線に気づいたのか、浜本がポツリと言った。

「ええやろこの娘《こ》。沢井松子《さわいまつこ》いう名前や」

「はぁ……きれいな女優さんですなあ」

「なんちゅうても『火車お千』のお万《まん》役が最高や……気に入った写真はこうして切れっぱしをもらってんのや。映写技師の役得やな――見てみ、俺の宝物や」

そう言って、浜本があごで指す机の上にはフィルム缶がある。

「こいつらだけは、いつも手もとに置いてんのや」

中には小さなロールにしたフィルムがいくつも入っていた。そばに置いた缶のふたには、いろいろな役者の名前を書いた紙が貼りつけてある。この缶に誰のフィルムが入っているかの心覚えだろう。

「ほほう……松之助に四郎五郎《しろごろう》、早川雪洲《はやかわせっしゅう》、メアリー・ピックフォードにリリアン・ギッシュ……すごいなぁ！　たしかに宝の山ですな」

俊太郎は次々に名前を読みあげた。

「ん⁉　茶風鈴《ちゃふうりん》？　なんやこれ、変わった名前やなぁ」

浜本はカーボンの光を落とし、映写機を止めて言った。

「なんや、おまえ知らんのか？　山高帽にステッキ持って、こんなふうに歩くんや」

立ちあがると、がに股で歩きながらフラリと横によろけるしぐさをする。

「分かった、アルコール先生や‼」

「せや！」

浜本は笑って指を立てた。

「ほんまはチャップリンちゅう名前や。ほかにデブ君にキートンもある」

「うわ、そしたら毎日ニコニコ大会できますやん」

「あほか。こんな切れっぱしでニコタイができるかい」

「ニコニコ大会」、略して「ニコタイ」。盆と正月に何本もの短編喜劇を観せる興行である。丁稚《でっち》奉公《ほうこう》の小僧さんたちが、休みをとって田舎に帰る前に映画館に押し寄せたところから、子ども向けに企画されたのが始まりだった。

一番人気のチャップリンは、ふらふらした独特のパントマイムから日本では〝アルコール先生〟と呼ばれていた。チャールズ・チャップリン、バスター・キートン、ハロルド・ロイドで〝世界三大喜劇王〟ともいわれる。

〝デブ君〟とは、太っているのに動きが機敏な喜劇役者、ロスコー・アーバックルのことだ。ひどいあだ名だが、本家アメリカでも〝ファッティ（ふとっちょ）・アーバックル〃と呼ばれていたから、これは五十歩百歩であろう。

二人でそんな話をしていると、客席の扉を開ける音がした。誰かが入ってきたらしい。

「……誰やろ?」

のぞき穴から見ると着物姿の女だった。若い女が肩をすぼめ、所在なげに立っていた。

「あれが沢井松子や。さっきの写真の娘……」

そう言うと浜本は、大きなため息をつく。俊太郎は驚いた。

「せやけど、なんでその人が?」

不思議に思って尋ねたが、浜本は松子を見たまま黙っている。

やがて客席の入口から茂木が顔を出した。なにか声をかけられて松子は笑顔で駆け寄り、二人は連れだって出ていった。

「……茂木先生のコレなんや」

見届けた浜本は俊太郎を振り返ると、悔しそうな顔で小指を立ててみせた。

「あんな野郎に引っかからんかったら、第二の栗島《くりしま》すみ子になれたのにな……」

そう言って、お宝が入ったフィルム缶のふたを手荒く閉じた。


――うちがあほやった……。

松子は内心でくちびるを噛《か》む。

珍しく茂木に「めしでも食おう」と誘われたのでついてきたが、八岐新町の料亭には先客がいた。タチバナ館の経営者とその娘だという。

橘は松子を見るなり相好をくずし、しきりと色目をつかってくる。その隣で、琴江と呼ばれた娘は、松子をいないものとして扱った。派手なモガ・ファッションの膝を窮屈そうに折り曲げ、こちらは茂木に熱い視線を送っている。

今日の本題はむしろ、この琴江の腹のなかにあるらしい。茂木をタチバナ館に引き抜いて、茂木についている女性客も根こそぎ奪おうと画策しているのだ。

「そろそろ色よい返事を聞かせてくださいな、茂木せんせ」

琴江が甘ったるい声を出すが、茂木は返事をはぐらかしていた。この親子が自分にどこまで高値をつけるつもりかを慎重に見定めているからだろう。

「一番館のようにはいきませんが、うちにもいい写真を回してもらう算段はついているんですのよ」

琴江が自慢げに言った。タチバナ館の実質的な経営者は娘のほうらしい。

力む琴江を、茂木は鼻で笑った。

「いい写真が客を呼ぶんじゃない。俺の説明に客がつくんですよ」

――うちがあほやった。こんな男の言葉を真に受けるなんて。

松子は、茂木とのなれそめを思いだす。

女優になって以来、ちょい役しかもらえなかった松子にとって『火車お千』の妹、お万は初めての大役だった。完成した写真もそこそこ評判をとった。しかし、やはり脇役でしかない松子の仕事は増えず、どうしたものかと悩んでいたところに、「奈良に、『火車お千』で大当たりをとっている弁士がいる」といううわさを聞いた。

松子は、撮影所のある京都からわざわざ八岐の青木館を訪ねた。

茂木が語る『火車お千』はすばらしかった。主演女優の激情だけでなく、お万が姉の恋人にいだくほのかな思慕すら、情感あふれる言葉でていねいにすくいとられていた。客席の女たちは皆むせび泣いている。スクリーンに映る自分が誇らしかった。

場内が明るくなって、帰ろうとする松子を茂木が呼び止めた。「俺が女優をつくるんだ」「おまえは俺が咲かせてやる」と甘い言葉で酔わされ、料亭の続き部屋で、なかば強引に関係をもたされた。それが半年ほど前のことだ。

茂木の命令で隣町に越し、気まぐれに訪ねる男を待つ生活を始めた。これまで二回ほど仕事で京都にもどったが、通行人に近いちょい役でしかなかった。それすら茂木の口利きでもらった仕事だ。薄情で勝手な情人ではあるが、今となっては女優を続けるコネは茂木だけだと松子はあきらめていた――。

男たちが大笑いして、松子はもの思いを中断させた。茂木がまたなにか大口をたたいたらしい。

「たいしたもんやなあ。茂木さん、あんたが来てくれるんやったら三つ指ついてお迎えせなあかんわ。なあ？」

橋はわざとらしく松子にほほ笑みかけ、杯を取った。茂木がすかさず松子を叱る。

「松子、ぼさっとしてねえで社長にお酌《しゃく》しねえか」

「あ……はい」

松子はあわてて徳利《とっくり》を持ち、橋へにじり寄った。

「女優さんになあ……光栄なこっちゃ」

袖からのぞく松子の白い前腕を、橋は蛇のような目で凝視した。


その翌日——。青木館の楽屋では、酔いつぶれて目を覚まさない山岡を、青木が必死で起こそうとしていた。茂木と内藤があきれた顔で見ている。

「先生！　出番ですよ、先生！　先生ったら!!」

いくら揺すっても、山岡はまったく起きる気配がなかった。

その日の出番が終わったあと、したたかに飲んで翌日の昼近くまで寝ているのはこれまでもザラだったが、舞台に穴をあけることはなかった。近ごろ特に酒量が増えているようだ。なにか理由でもあるのだろうか。

いや、内心を詮索《せんさく》している場合ではない。

「ダメだ……。こうなっちまったら目を覚まさねえ」

絶望した顔で首を振ると、茂木が冷ややかに言った。

「もともとしゃべらねぇんだ。舞台で寝かしときゃいいだろ」

青木はかっとなって茂木をにらんだ。

たしかに、起きていたところでたいして代わりばえはしないのだが――。

「そんなわけにいくもんかい――そうだ茂木先生、代わりに務めてくださいよ」

笑顔をつくって頭を下げる。

「冗談じゃねえ。こいつの尻ぬぐいなんてまっぴらだ！」

案の定、にべもない。腕を組んで高みの見物としゃれこんでいる。

「だったら内藤先生、お願いします」

藁《わら》にもすがる思いで内藤に頭を下げた。内藤はとっさにあとずさって、

「今、出番が終わったところですよ。もう喉が限界です」

そう言うとあわてて喉薬を飲んでみせた。

「そこをなんとか！」

「NO！」

すがる思いで右へ左へ頭を下げても、二人はまったく無視を決めこんでいた。まったく、こいつらの薄情さときたら！　青木は薄い頭をかきむしった。

「あのう……」

遠慮がちな声に振り向くと、国定が楽屋をのぞきこんでいた。

「なんだ⁉」

にらむ青木に、国定は一歩踏みだすと口を引き結んで向きなおった。

「俺に、代わりを務めさせてください。昔から山岡先生のまねが得意でしたんや」

舐《な》めてんのか小僧⁉　青木は耳を疑った。

「バカ野郎！　なにを言いだすかと思えば……よけいな口をはさむんじゃねえ‼」

思わず国定につかみかかろうとした青木を尻目に、茂木はプッと吹きだした。

「声色《こわいろ》か、いいじゃねえか。やらせてみろよ」

青木が信じられない思いで弁士たちを見ると、内藤も底意地悪く笑っている。

「そうですな。この際、ほかに手はありませんからな」

「そんな無責任な！　うまくいくわけないだろっ⁉」

ほかに解決策はないのかと、青木はなおもきょろきょろと周囲を見まわした。思いつめた目で山岡を見つめる国定が目に入っただけだった。

青木は祈る思いで、舞台袖に身をひそめた。やがてフロックコートを着た国定が舞台に現れる。

気がつくと茂木と内藤も、青木の隣で舞台を見ていた。抱腹絶倒《ほうふくぜっとう》の喜劇を期待して目を輝かせる二人の隣で、小屋主は震える両手を合わせた。

国定は場内の明かりを消すとゆっくりと弁士台に立ち、すみずみまで響きわたる声で前説《まえせつ》を始めた。

〈泡沫《うたかた》を心に刻む秋の声――本日はようこそのご来駕《らいが》をたまわりまして不肖《ふしょう》、闇の詩人山岡秋聲、厚くあつく御礼申しあげます。

さて、ここもとご覧に供しますは、世界的文豪アレクサンドル・デュマ畢生《ひっせい》の名作、『椿姫』の一編。花のパリーを舞台に織りなされます、美しくも切なき愛の物語。泣いて泣かせて袖絞《しぼ》る、これ見て泣かぬは鬼か蛇《じゃ》か……詳しくは言わぬが花の吉野山、映る画面の回転に伴いまして詳細なる説明を加えましてご清覧に供しますれば、なにとぞ最終まで拍手ご喝采《かっさい》のうちにご清覧のほどを――〉

「あのばか！」

青木は呆然とつぶやいた。

やはり不安は的中した。少しでも期待した自分が愚かだった。客への挨拶は――。

「――挨拶は主任弁士の仕事ですわなぁ」

内藤がおもしろそうに言い、わざと茂木の顔をのぞきこんだ。青木も、そっと茂木の顔色をうかがう。

「野郎っ!!」

案の定、プライドの高い茂木は青筋を立て、唇を噛んでいる。

しかしいよいよ『椿姫』が始まると、青木はすぐにスクリーンに引きこまれていった。

憔悴《しょうすい》したマルギュリットをアルマンが優しく抱きしめるシーン――。

〈アルマンは椿姫に、彼の若さのすべてをかけて献身を誓う。椿姫もまた、そうしたアルマンの純真に心打たれて彼の一途《いちず》な愛を受け入れたのでありました。

「ああ、マルギュリット。愛しい人よ……」〉

ぽかんと弁士台を見ていると袖を引かれた。いつのまにか豊子がいる。

「驚いたねえ。台本も見てないのに……」

豊子の言葉に、青木はただこくんとうなずいた。

弁士台にある台本を読んでいるとしても、しょせんは山岡の書いた台本である。こんなに雄弁にしゃべれるはずがなかった。いつのまにストーリーを暗記したのか、あるいは即興なのか……そしてなによりこの語りは、全盛期の山岡秋聲そのものだった。

「……あ」

青木は、背後の暗がりに目をこらした。舞台袖の奥、観客からは見えないあたりに山岡が立っている。最初ぼんやりと立っていた山岡は、やがて苦虫を噛みつぶしたような顔になり、外へ向かう廊下にぷいと出てしまった。

画面は変わり、花咲く草原でまどろむマルギュリットが映る。

〈花が咲き風薫るブージヴァルの草原こそ、二人にとって愛のユートピアであった。恋の悦《よろこ》びはいかなる名医にもまさり、傷ついた椿姫の心と身体を癒やしてゆく〉

そこへアルマンが笑顔で駆けてくる。

〈「マルギュリット！」

「あら、アルマン。やけに早いお帰りね」

「君にすてきな物語を捧げようと、飛んできたのさ」

「まぁ、どんなお話かしら？」

「マノン・レスコーの物語……この本を君に」

「それじゃ記念にあなたの言葉を書いてちょうだいな」

アルマンはペンを取り出して本の裏表紙にメッセージを書きこむ。

「愛をこめてマルギュリットへ、この本を捧ぐ……どうだい？」

「うれしいわ、一生の宝物よ……さあ、早く読んで聞かせて」

マルギュリットは本を開くアルマンの肩にそっと頭をのせる――〉

「全盛期の山岡秋聲がもどってきやがった……！」

青木がつぶやくと、豊子が手を強く握ってきた。

まだ『椿姫』の途中だと知っていたが、松子は暗い客席にそっと入っていった。茂木の『不如帰《ほととぎす》』が始まってからでは、満席になってしまうかもしれない。

入るなり首をかしげた。いつもとなにか様子が違っている。最近の『椿姫』で、こんなに客席は泣くだろうか。と、にわかに記憶がよみがえって松子は息をのんだ。

「これって……」

これまで青木館で聞いた山岡の説明ではなく、〝あのとき〟の山岡だった。松子は弁士台で説明する人影に目をこらした。

〈刻一刻と迫りくる最期のとき。声に力はこもらねど、なおも呼び続ける愛しき人の名──〉

その手の中にあるのはアルマンにもらったマノン・レスコーの本。

〈「アルマン……せめてもう一度だけ会いたかった。さようなら、アルマン……」

生涯にただ一度、真《まこと》の恋に身も心も洗われし、尊き日々よ。今もあざやかによみがえる木々の色、風の香り──。思えばアルマンこそが魂の救済であった。

刻一刻と死の翼にとらわれゆくマルギュリット・ゴーチェイ──。

「これでいいの……もう眠らせて、夢を見させて……私、幸せよ……」〉

椿姫の悲しい最期に、客席のあちこちから嗚咽《おえつ》が漏れる。

視界の端で、袖に立っていた茂木が憤怒《ふんぬ》の形相で立ち去るのが見えた。しかし彼を追おうともせず、松子は身じろぎもしないで弁士を見つめていた。

俊太郎は深呼吸すると、最後の説明に入った。

〈ノートルダム寺院の鐘、嫋々《じょうじょう》と鳴り響き、椿姫の死を悼む。世にたぐいなき麗人、マルギュリット・ゴーチェイ。短き生涯の幕を閉じたのであります〉

語り終わると客席に会釈し、すっと袖に入ってそのまま楽屋へと急ぐ。

やがて割れんばかりの拍手と歓声が聞こえてきた。

「山岡！」

「日本一」

「やればできるやないか!!」

「よっ、七色!!」

思わず会心の笑みが浮かぶ。

しかし、あくまでも自分は黒子である。早く客席にもどって客の送りだしをせねばならない。あわただしく着替えを始めたところで、山岡の姿が見えないことに気づいた。

きっとまた飲みに出かけたのだろう。でも、出る前にはおそらく自分の説明を見てくれたに違いない。先生はいったいなんと言ってくれるだろう……。

思わずゆるんでしまう顔を両手でパンパンとたたき、法被《はっぴ》を羽織って俊太郎は客席へ急いだ。

「ありがとうございました。山岡秋聲渾身《こんしん》の『椿姫』、全巻の終了でございます。お帰りの方はお忘れ物ございませんよう、またのご来場お待ちしておりまーす」

愛想よく客を送りだしていると、和服の娘が近づいてきた。

「こんにちは」

いたずらっぽい笑顔を見せたその娘は、女優の沢井松子だった。

「こんにちは……」

俊太郎はとまどった。茂木先生の愛人が、いったい自分になんの用だろう……。

「今の説明、あなたでしょ？　昔の山岡先生にそっくりだったわ」

「はぁ!?」

暗がりで顔はバレないだろうと思っていたのに——それにしても、この若い娘が昔の山岡先生を知っていることにも驚きだった。

「どちらで先生をごらんになってたんです？」

「えっ……。とにかく懐かしくて、つい……」

今度は松子が困惑した顔をする。

「……ほな、ごきげんよう」

あわただしく背を向けて出ていくうしろ姿を、俊太郎は見つめた。

銀杏《いちょう》の下から足早に去っていく幼い少女の背中がダブって見えた。

ほな、ごきげんよう……。


柱時計は十時を回り、俊太郎は山岡の帰りをじっと待っていた。

しでかしたことの重大さに気づいたのは、青木に懇願されて次の回も山岡秋聲として弁士台に立ち、再び拍手喝采を浴びた瞬間であった。無断で、それも本人の目の前で山岡になりすました傲慢《ごうまん》さにようやく思いいたったのだ。

うれしかったはずの気持ちはどこかへ消えうせ、早く山岡に謝罪せねばの思いで頭がいっぱいになった。酔うと楽屋を寝床にする山岡を、楽屋で待ちうけることにする。もう松子という女優について深く考えている余裕はなかった。

きっと山岡は怒るだろう。だがしかし、これだけウケれば、きっと山岡も本心では悪い気はしないのではないだろうか。山岡先生のしゃべりは、今の客にもじゅうぶん通用すると証明したのだ。もしかしたら、感謝の言葉のひとつももらえるかもしれない……。

乱れた足音が聞こえて裏の戸が開いた。俊太郎は楽屋を飛び出した。山岡が転がるようにに入って、上がりかまちに座りこむ。

「山岡先生！」

俊太郎は駆け寄った。

「大丈夫ですか、さぁ肩につかまってください」

満面の笑みを浮かべて手を伸ばした俊太郎を、山岡はつかのま見あげた。やがて焦点が合うと、山岡はいきなり怒声をあげてつかみかかってきた。

「貴様ぁ、よけいなことしやがって！」

俊太郎の胸ぐらをつかむなり、そのままうしろの柱まで手荒く押しとばした。俊太郎は柱に身体を押しつけられ、棒立ちになった。山岡がこれほどまで怒るとは。

「す、すんまへん……せやけど、皆さん喜んでくれまして……以前の先生みたいやったって」

「ぬかせ！　くどい説明なんか、写真の邪魔になるだけだ‼」

山岡は歯をむきだし、さらに力をこめて俊太郎を締めあげる。

説明が邪魔？　意味が分からなかった。止まりそうな息のなか、俊太郎はあえぐように言った。

「せ、せやけど『カリガリ博士《はかせ》』かて、徳川夢声《とくがわむせい》の説明なしにはおもしろさが伝わらへんかったと思うんです。やっぱり写真をおもしろくするんは、弁士の技量やと――」

山岡は急に手を離すと、ぎらぎらした目を細めて言った。

「技量だと？」

さっときびすを返し、舞台に向かう。

「──ついてこい！」

俊太郎はあわててあとを追った。

場内に入るなり、山岡は頭を上げ映写室に向かって叫んだ。

「浜本！　いるか？」

なにやら言い争う声が聞こえたと思ったら、山岡先生と国定が転がるように舞台の前に現れた。なにごとかと映写室の窓から顔を出すと、すぐに浜本は名前を呼ばれた。

「へい、なんでしょう？」

「なにか、写真かけてくれ。今なにがある？」

「あのぅ……『南方のロマンス』やったらここに」

少し前に大当たりした『南方の判事』をもじった、浜本ですらB級と認める映画であった。可憐《かれん》な娘カロリンが悪い男に心を奪われ、恋文を出してしまう。ところが彼女を姉のように慕うドース少年は、託された手紙の宛て名を書きかえて、もとの恋人のもとへ届ける。再会した二人の仲は旧に復し、めでたしめでたし……というたわいない話だ。

「それでいい。ちょっとかけろ」

「はぁ？」

「早くしろ」

「は、はいはい」

浜本があわてて準備を始めると、山岡はおもむろに客席へ腰をおろした。

「おまえの技量とやらを見せてみろ！」

言われた国定は呆然としていた。

こら、おもろいことになった――。

浜本はわくわくと客席を見おろした。


牧場の一角に建つ納屋の前――。

若い男女が深刻な顔で相対《あいたい》している。カロリンが恋人のオーレスに許しを乞《こ》うシーン。

〈涙に暮れるカロリン。かくてオーレスは彼女を受けいれるのでありました。

「ああ、オーレス、あんなペテン師に気を許した、愚かな私を許してください……」〉

オーレスは優しくカロリンを包みこむ。

〈「許さないはずがないじゃないか。手紙を見つけたんだよ……君が僕のことを、こんなにも深く愛してくれていたなんて」

「手紙⁉　いったいなんですか？」〉

オーレスがポケットから出した手紙は、カロリンが別の男にあてたものだった。

〈差しだされたその手紙の宛て名は、なんとオーレスに変わっているではないか！

「ああ。なんてことでしょう……きっと神様のしわざに違いないわ……」〉

そんな二人の様子を、少年がものかげから見守っていた。

〈ひしと抱きあう二人。陰からその様子を見守るドース少年は、残りの手紙をポケットから取り出すと、マッチで火をつけたのであります。

灰になれ、灰になれと少年は手紙を焼いた。そうしたときに「恋こそ誠なれ」と相擁《あいよう》する二人の上に、しずか心なく花は散る。ろうろうたる宵闇《よいやみ》に千村万落《せんそんばんらく》春更《ふ》けて――〉

「もういい‼」

突然、山岡が大声を張りあげ、浜本はわれに返った。いつのまにか聞き惚れていたのだ。

「おまえの技量とやらはよく分かった」

山岡は腕組みをとくと、冷たい目で国定を見た。

「……そいつは林天風《はやしてんぷう》のしゃべりだ。同じ弁士は二人もいらん！」

そう言うと、立ちあがり出ていこうとする。

「ま、待ってください！」

国定は舞台から駆けおりて山岡の前にはいつくばった。

「お願いします、もういっぺんやらせてください‼」

「時間のむだだ！　まねしかできねえ奴のしゃべりなんか、聞いてる暇はねえ‼」

「お願いします！　人まねやない、自分のしゃべりをやります！　せやから、もういっぺんお願いします!!」

国定は必死で頭を下げ続けたが、山岡はさっさと出ていってしまった。

――四日後。

青木は、山岡を探してあたふたと舞台袖に出た。

満員の観客が見守る写真は『南方のロマンス』。弁士台では国定が熱弁をふるっていた。

〈涙に暮れるカロリン。彼女はオーレスに近づき、そして……。

「私にはあなたしかいないの。もう我慢できない。早くして」

「ほかの男にも同じことを言ってるくせに。手紙を見つけたんだ！」

「手紙？　いったい、なんのことかしら」

「とぼけるんじゃない。これがなによりの証拠だ」

「う～ん、もう。つべこべ言わずに楽しみましょうよ。ほーら、ここをスリスリ……どう、いかが？」

「おおおおっ。そのようなところを攻められると、もう……いかん！」〉

西洋の美男美女がかわす下品な会話に、観客たちは大爆笑の渦に包まれた。

青木はほくそ笑んだ。

国定に「天聲《てんせい》」という芸名をつけ、弁士の席に加えてから今日で三日。うわさはうわさを呼んで近隣の物好きが日に日に集まり、今日はめでたく大入り満員となった。

それというのも、と客席を眺めまわし、青木はめあての人物を見つけた。いちばんうしろに、ひとり仏頂面《ぶっちょうづら》をした山岡がいる。青木は急いで近づき、声をかけた。

「まったく、たいした野郎ですな」

「……ただの、大ばかなんじゃねえか？」

むっつりと答えた山岡の肩を軽くたたく。

「そんな顔しなさんな。先生がやらせてみろって言ったんですよ」

山岡は青木に、国定にもう一度弁士をやらせてみたいと言いだしたのだ。

「今は猿まねだが、なにかあるかもしれない」

……そうしたらこの人気である。突然の好景気に、青木館の誰もが元気づいていた。

「まったく、山岡先生のおかげ……おっと」

山岡の顔をのぞきこみ、冷やかしかけて青木は当初の目的を思いだした。

「……ところで、先生を訪ねて客が来てるんですがね」

「客？」

「ええ。こみいった話なんです。ちょっとつきあってくださいな」

しぶしぶと立ちあがる山岡の背に軽く手をそえ、青木は出口へうながした。

安田虎夫は、琴江に連れられて青木館を訪れた。

満員の客席を見ると琴江は目を輝かせ、猥談《わいだん》に沸く客の反応を観察して、にっこりとほほ笑む。

「どう安田？　うわさどおり、けっこうな人気ね」

「そうですな……」

正直なんの興味もない。しかし、ぼんやりと舞台を眺めていた安田の視線は突然、熱演する弁士に釘づけになった。

「……あのガキ、こんなとこに!!」

ぎりぎりと奥歯を噛みしめ拳《こぶし》を震わせる。琴江があきれた顔で文句をつけた。

「……そんな顔して。おまえはおもしろくないの？」

あわてて顔を向けると、〝お嬢さま〟はさげすむような目をして鼻を鳴らした。

「ふん、つまんない男」

「あ、いえ……ひひひひひ……」

安田は無理に笑おうとした。

橘がつねづね「わしに似て度胸がある」と自慢するとおり、この女の豪胆《ごうたん》さには驚くばかりだ。先日、フィルム借り入れの用で神戸にある代理店までお供したときも、この女は「ボロボロのフィルムをよこした責任をとってちょうだい」と居直り、一番館からそのまま新作を回してもらう約束をとりつけたのだ。この女の機嫌をそこねたら、まったくどんな目にあわされるか分かったものではない……。

引きつった顔で笑みを浮かべる安田をよそに、弁士の説明はますます冴《さ》えわたった。

〈「じゃあ、こっちのスリスリはどう?」

「おうおう……うーん。そっちのスリスリもなかなか有効だ」

ひしと腰をすり合わせる二人を陰から見ていた童貞《どうてい》少年――。

「ちくしょう、ちくしょう!　あの女め!　あのスリスリは僕にしてくれるはずだったのに!」

腹いせに少年が手紙に火をつけると、あたり一面は火の海と化しました……。と、こちらもすっかり火がついている二人。オーレス、ちょこちょこ指動かすと、クイと腰上げもだえるカロリン……名前もカロリン、尻もカロリン。

ああ、春や春。春南方のローマンス……〉

――なにが「春や春」じゃ!　染谷!!

かっとなった安田は、琴江に手早くことわりを入れると客席を飛び出した。

「関係者以外立チ入リヲ禁ズ」とある扉を開けて廊下を走り、安田は舞台裏の物陰に身をひそめた。

やがて拍手と歓声に送られ、俊太郎が姿を現した。

野郎！

「ああ、君」

のんきな声がして、突進しようとした安田はあわてて身をひるがえす。着物姿の若い男が長い裏廊下をこちらへ歩いていた。おめでたい笑顔を俊太郎に向けている。

俊太郎はけげんな顔で立ち止まった。

「はぁ、なんでしょう？」

近寄った二人がなにを話しているかは分からない。そのうち、男は袖からなにか札を出して俊太郎にわたした。それを読むと俊太郎は頭を上げて叫んだ。

「活動写真の監督さんですか！」

あんな若造が監督かい！

安田は心中で毒づきながら、男が去るのを待った。

ぐだぐだと話したあと、男は俊太郎の肩をたたくと、鷹揚《おうよう》に笑いながら客席へもどっていった。男のうしろ姿が角を曲がるのを待って安田が飛び出そうとした、そのとき。

「邪魔したな」

楽屋とおぼしき小部屋から声がすると、背広姿の背の高い男が出てきた。安田は再び物陰に身を隠し、そっとのぞき見て息をのむ。男は安田を逮捕したあの刑事《デカ》だった。

クソッたれ……！

安田は身をかがめると、物陰をたどって出口へと逃げだした。機会が二度とないわけではない。俊太郎がここで弁士を続ける以上、トランクはまだ近くにあるはずだった。


「今の舞台、拝見しました。なかなかおもしろかったよ」

そう言って俊太郎を呼びとめた客の男は、二川文太郎《ふたがわぶんたろう》と名乗った。もらった名刺にはなんと「映画監督」とある。思いだした。山岡の『椿姫』にたった一人で拍手していた男だ。

「つまらん写真もおおいに楽しませる。これも弁士の立派な仕事だ。ま、僕の写真ではご遠慮願いたいがね……がんばりたまえ、期待してるよ！」

自分と五、六歳しか違わなそうなのにずいぶんと偉そうなもの言いだが、育ちがいいのか、不思議と不快な感じはしなかった。

山岡に「自分のしゃべりをやります」と言ったものの、俊太郎はどうしたらいいのか困り果ててしまった。これまでやってきたのは、すべてものまねばかりだったのだ。

そのとき、ハタと思い出したのが場末の酒場で語った『艶話《つやばなし》　珍説忠臣蔵《ちんせつちゅうしんぐら》』だった。

あの話は誰のまねをすることもなくウケた……。

俊太郎にしてみたら、破れかぶれの説明だったのだ。

二川の背をぽかんと見送りながら名刺をポケットにしまっていると、楽屋のほうで人が出入りする気配がした。

「邪魔したな」

野太い声にいやな予感がして振り向くと、俊太郎は蒼白《そうはく》になった。

なんでや、なんであのときの刑事がおるんや⁉

「いやいやご苦労さまです。はいはい、そういうわけですので」

青木は早口で言いながら、刑事を出口へとうながしていた。豊子も愛想笑いを浮かべてうしろについていてくる。刑事はいざなわれるままそちらへ向かおうとして、その場で棒立ちになっている俊太郎に気づき、驚いた顔で立ち止まった。

「あんた！」

言うなり、大股で近づいてくる。

もうあかん！　逃げられん‼

凍りついたように身動きがとれない。刑事のうしろで青木と豊子も顔をこわばらせているのが見えた。

「もしかして」

刑事の顔が間近に迫ってきて、俊太郎はたまらず目をつぶった——。

「もしかして……あんたが国定先生か？」

「はぁ⁉」

あわてて目を開け、小刻みにうなずいた。刑事は破顔する。

「えらい評判らしいなぁ。こう見えて、わしは活動写真には目がないんや」

そう言うと俊太郎の肩を抱かんばかりにした。

「……そりゃぁ、どうも」

身をすくめながら返事すると、青木がさっと二人の間に入った。

「刑事の木村さんだ。泥棒一味の捜査をしておられる」

「木村⁉」

聞きおぼえのある名に思わず凝視すると、たしかにそこには若い巡査の面影があった。自分たちを追っている刑事があの木村だったとは……なんという巡りあわせか。

豊子もつくり笑顔で木村の前に出てきた。

「刑事さんはね、山岡先生のまねをするにせ弁士を探してらっしゃるのよ」

木村は大きくうなずくと、上着の内ポケットからなにやら紙を出して青木夫妻に向け広げてみせた。

「そういえばもう一人、逃げだしたやつがおってな」

俊太郎がそっとのぞきこむと、それは安田の人相書きだった。

その下にもう一枚紙があり、俊太郎らしき輪郭《りんかく》が透《す》けて見えていた。にせ弁士の人相書きである。木村の手が紙にかかると俊太郎は思わず固く目をつぶった。木村が紙をめくる音がする。

バレる！

しかし、なにも起きなかった。木村が怒声をあげることも、青木が驚いて叫ぶことも。こわごわ目を開き、似顔絵を見おろす。ニセ弁士は眼鏡をかけて髭《ひげ》をはやしていた。

「――ごらんのとおり、ここにはおりませんが」

青木がにこやかに告げると、木村は再び大きくうなずく。

「そのようですな。どっか、遠くの小屋にでももぐりこんどるかもしれん」

言うと、木村はあっさりきびすを返して出口に向かった。青木と豊子があわててついていく。

「――まぁ、協力したってや。ほな」

木村が靴を履きながら背中ごしに言う。

見送る青木夫妻の背を見ながら、俊太郎は大きなため息をついた。

どうやら助かったらしい……。

今になって震えてきた膝を押さえていると、ふと視線を感じた。頭を上げたとたん山岡と目が合う。楽屋のちゃぶ台にほおづえをつき、無表情で俊太郎を見ていた。

「……あの……」

山岡はすっと視線をはずしてコップ酒をあおると、それっきり背を向けてしまった。俊太郎の背中を羞恥《しゅうち》が駆けぬけた。言葉をかける勇気もなくそそくさと二階へ駆けあがり、部屋へ入ると俊太郎は、簞笥《たんす》の中からあわただしく荷物を引っぱりだした。山岡先生には……いや、青木夫妻にも自分の正体はばれているはずだ。もう、ここにはいられない。

急いで荷づくりをしていると遠慮がちな声がかかって、青木が部屋に入ってきた。青木は真剣な顔で口を開こうとしたが、突然、なだめるような笑顔を浮かべると俊太郎の前に座った。

「館主さん、俺……」

たまらず口を開こうとした俊太郎に、

「今日は、久しぶりに大入りだった」

さえぎるように青木が言った。そして、自身の言葉にしみじみとうなずく。

「みんなに給金をはずんでやれる。国定のおかげだよ」

「そうですか……よかったですわ」

俊太郎は思わずうつむいた。青木がこんなにおだやかな声で話すのを初めて聞いた。

「ここにいるやつらはみんなロクでもねえが、本当に活動写真が好きなやつばかりよ。橘なんかに負けて、ここをつぶすわけにいくもんかい」

そう言うと青木は、俊太郎の前でがばと手をついた。

「……だから、もう少し力を貸してくれ。な、国定」

深々と頭を下げる青木の背後に、国定忠治のチラシが見えた。


松子は茂木に手を引かれ、青木館の階段を上がっていた。

茂木の女遊びはいよいよ激しくなっていた。タチバナ館からよほど高額の引き抜き料を提示されたらしく、玄人《くろうと》も素人《しろうと》も手当たりしだいである。

このまま、うちを忘れてくれてもええんやけど……。

茂木の訪れが遠のいたとき、松子はそう思っている自分に気づき、驚いた。

しかしそんな松子の変心に気づき、執着をつのらせるのが茂木という男だった。今日も「いい話がある」と呼びだされ、なかば力づくで青木館の裏に連れてこられたのだ。

二階へ上がると、今にも崩れそうにきしむ踊り場があった。実際に穴があいてしまったのか、床の一部に新しく補修した跡がある。

松子はそのまま茂木に手を引かれ、手前側の部屋へ入った。中には芝居小屋当時のチラシや衣装、道具類などが雑然と詰めこまれていた。

「……なんなの、ここ」

松子が不安になって尋ねると、引き戸を閉めた茂木は無言のまま、突然うしろから抱きしめてきた。とっさに鳥肌が立つ。

「たまにゃ、こんな場所も悪かねえだろ」

「やめてよ。誰か来たら困るわ」

逃れようとしたが、茂木はさらに力をこめてくる。

「だからいいんじゃねえか」

「いやよ！」

もみあううちに座りこんでしまった松子が本気で抵抗を示すと、茂木は不機嫌そうに舌打ちし、松子の横にしゃがんで言った。

「そうそう。おまえ、橘社長の女になれ」

耳を疑った。

「どういうこと⁉」

「あのスケベ野郎――おまえをすっかり気に入ったんだとよ」

こともなげにうそぶく。

たしかに橘父娘《おやこ》は先日、料亭でうんざりするほど茂木をもちあげていたが、茂木の人気に目をつけているだけなのは明らかだった。茂木とて、老舗《しにせ》である青木館の主任弁士という立場は捨てがたいと思っていたはずだ。国定天聲に人気が出て嫌気がさし、とうとう橋に尻尾を振ることに決めたのか。それにしたって……！

「俺のためだ。な？　たまにはこうして可愛がってやるから」

茂木はそう言うと、手をつっぱって抵抗する松子を無理やり押し倒し、馬乗りになった。そのまま二人は壁ぎわまで転がる。つくりつけの簞笥に松子の頭がつかえて、いよいよ逃げ場がなくなった。

「やめて！」

松子の振った腕が茂木の頭に触れる。髪を乱され、茂木は逆上した。

「てめえ、誰のおかげで写真に出られると思ってんだ！」

「いやや、離して!!」

松子は必死で手足をばたばたさせた。すると、

ガゴン！

と音がして茂木の重みが消え、目の前が一瞬まっくらになった。

「ぐわっ!!」

叫び声がしたので見ると、茂木が松子から転がり落ちて頭をかかえていた。

「だ、誰だ、殴りやがったのは!?」

すばやく起きあがって周りをきょろきょろする。目の前の簞笥から大きな引き出しが

突き出ていた。松子の上にいた茂木を、たまたまこの引き出しの前板が直撃したのだ。

「なんだこいつかよ……人騒がせな」

茂木は松子に余裕の笑みをみせた。そして、

「このおんぼろ箪笥が！」

言うと同時に、思いっきり引き出しを押しこんだ。


ガゴン！

突然、後頭部をなにものかに殴られ、俊太郎はつっぷした。

「痛《い》ったぁ!!」

あわてて振り向くと、さっき閉めた箪笥の引き出しが飛び出ている。

なんやこれ？　勝手に飛び出したんか？……まさか。

引き出しの中には俊太郎の荷物が収められている。青木が去ったあと自分なりに考えて、もう少しここにいることにし、再びしまったものだ。

さっきは迷いを断ち切ろうと俊太郎はことさらに力をこめ、思いっきり閉めた。壁に当たったのとは違う、こつんとした手ごたえがあったが……ともかくちゃんと閉まったはずの引き出しが今また、目の前に出てきているのは確かだ。

俊太郎は大きな引き出しの前板を見つめ、首をかしげた。ともあれ構造上なにか問題

があって引き出しが飛び出し、前板が俊太郎の後頭部を直撃したのだろう。俊太郎は引き出しをもう一度、思いっきり押し返した。

「ふぎゃっ!!」

またも勢いよく引き出しが飛び出して、茂木が部屋のすみまで吹っ飛んだ。しょうこりもなく松子にのしかかっていたのだ。松子は身づくろいしながら角に逃れ、呆然と〝飛び出す引き出し〟を見つめた。

「てめえ箪笥、この野郎っ！　もう許せねえ!!」

茂木は怒りくるって、上下の引き出しをいっぺんに押しこんだ。向こうでなにかぶつかる音がした。

息を詰めて見守る松子の前で、引き出しをにらんでいた茂木をまた引き出しが直撃した。今度はからくも受けとめ、茂木は雄叫《おたけ》びをあげて引き出しを押し返す。

「ちくしょう、引き出しなんかに舐められてたまるか!!」

茂木が渾身の力をこめるほどに、引き出しも強い力でまた飛び出してくるようだった。

この引き出し、どんだけ勝手に出てくんねん……。

何度も押しては飛び出され、俊太郎と引き出しは膠着《こうちゃく》状態に陥っていた。上半身すべてを引き出しに押しつけておさえながら、俊太郎はもうへとへとだった。

……これ、ひょっとして誰か向こうから押してるんとちゃうか？

突然そう思いつくと同時に、試しにぱっと身体を離してみる。

と、とてつもない勢いで引き出し全体が宙を飛び、箪笥から、いや隣の部屋から絶叫が聞こえた。俊太郎は驚いて部屋を飛び出した。

じたばたする茂木の下半身をはやした箪笥を、松子は呆然と見つめた。

茂木が全身の力でおさえていた引き出しは、突然抵抗をなくしたように向こうにすっ飛び、勢いあまった茂木は引き出しが抜けた穴につっこんでいったのである。

こわごわのぞきこむと、茂木の胴体の横から、隣の部屋が見えた。

……え？　背板がない……部屋が箪笥でつながってるん？

しかし、箪笥の謎を解いている暇はない。早く逃げなければ。松子は急いで物置部屋を出た。

「あ……松子さん！」

隣の部屋から飛び出してきた国定が、松子を見て棒立ちになった。

その顔を見たとたん、松子はとっさに手を伸ばしていた。

「行こ！」

松子は、驚く国定の手を引いて階段を駆けおりると、そのまま外へ飛び出した。

「ええから、早《は》よ！」

「え⁉」

日はすっかり暮れていた。そういえばこうやって、少年の手を引いて芝居小屋の脇道を走ったことがある。松子は今さらのように思いだした。

夜になっていっそうにぎやかになった通りを走り抜けると、運河ぞいの道に出た。小さな橋をわたれば隣の八岐新町になる。

橋のたもとまで来たところで、松子はやっと走るのをやめた。国定の手を離し、前を歩く。

自分の部屋にもどっても、茂木が追ってくるだろう。そのとき国定が一緒だったら、どんなことになってしまうか。行くあてはないけれど、ただこの男《ひと》と離れがたい……。

黙りこくったまま歩く松子のうしろを、国定はただ静かについてきた。

思い悩んでうつむいた松子の視界に、あってはならないものが映った。

「いやや、取って！」

松子は叫んで国定にすがりついた。胸もとに小さな蜘蛛《くも》がとまっていたのだ。国定は驚いたように立ち止まると、そっと松子の胸もとをのぞきこみ、小さくほほ笑んだ。

国定をそっと見あげて松子は察した。

――ばれてもうた。

「動かんと、じっとして」

国定、いや染谷俊太郎は、蜘蛛をそっと払った。

「蜘蛛は苦手なんや」

沢井松子、いや栗原梅子はポツリと言った。

「やっぱり……」

俊太郎の目はうるんでいるように見える。梅子はほろ苦く笑った。

「おかしいやろ？　自分は変わった気ぃでおったのに、なんも変わっとらん」

俊太郎は梅子にほほ笑み返した。

「こっちかて、おんなじや……」

そやな。子どもんときも山岡秋聲のまねしとったもんな。梅子はうれしくなった。

「なぁ、あんたの国定って、国定忠治のつもりか？」

「そうや」

「なんや、頼りない忠治やな」

梅子は笑った。心から笑うのは久しぶりだった。

「梅子ちゃんは……なんで？」

芸名について聞かれているのだと思うことにした。

「うちは、せめて名前だけでも立派になりたい思てな。梅から松に格上げしてみたんや」

「そら、ええわ」

俊太郎もおかしそうに笑った。

そうや。うち、立派な女優になるて決めとったんや。なのになんで、こんなとこにおるんや……。

一緒に笑いながら、梅子のなかである決意が固まってきた。真顔にもどって俊太郎の目をひたと見すえる。

「……あんなぁ、俊太郎さん」

「なに？」

「このまま、あたしとどっか行かへん？」

「どっかって？」

「どっか遠くや……二人で逃げへんか？」

俊太郎は驚いて梅子の顔をのぞきこんだ。その目にはなにか、はかなげな影が揺れていた。

「……なんかあったんか？」

梅子は瞳をぬらしたまま、なにも言わなかった。見つめていると、俊太郎の中でなにか熱いかたまりがせりあがってくる。梅子に伸ばしそうになった手をそのまま握りしめると、俊太郎はなんとか口を開いた。

「今は無理や」

そう答えるしかなかった。

「なんで?」

「その……国定忠治は、義理人情に厚い任俠《にんきょう》の男や……せやから、今は無理なんや」

しばらく無言で俊太郎を見つめていた梅子は、やがてふふっと笑った。

「なんやそれ? ……もうええ。別に本気で言《ゆ》うたわけやない。ええよ、一緒に逃げようって、そう言うてくれたら……それでよかっただけや」

そう言うとくるりと背を向け、すたすた歩き去っていった。

遠い昔を思いだした。待ちぼうけさせてしまった梅子を俊太郎は探した。ようやく探しあてた梅子の家はとうに無人だった。

あれからどうやって彼女は役者に……そして、なんで茂木なんかに……。

俊太郎は遠ざかる梅子の背中をずっと見つめていた。

第五巻　俊太郎、絶体絶命

梅子は迷っていた。

目の前の看板には「本日 國定天聲 特別公演」とある。茂木の前から消えるつもりで、身のまわりのものを持って部屋を出てきたが、つい青木館に足が向いてしまったのだ。

梅子はしばらく看板を見つめ、意を決して中へ入った。

ふと、うしろを振りあおぐ。映写室で男が動きまわっている姿がわずかに見えた。

どこに座ろうかとあたりを見まわして動きを止めた。花道に通じる側の出入口から茂木が顔をのぞかせている。俊太郎の公演にどのくらい客が入るのか、気にしているに違いない。梅子はとっさにうつむいて顔を隠すと、きびすを返して外へ出た。

どこか、茂木に見つからん場所から舞台を観られへんやろか……。

梅子は、下足箱の脇にある階段が目にとまり、人目を避けて駆けのぼった。

上がった先には映写室があり、まだ上映前だからかドアが開いていた。背を向けて作業する浜本に、梅子は〝沢井松子〟らしく声をかけた。

「ちょっと、お邪魔してもよろしいかしら?」

振り向いた浜本は大きく目を見開き、ぎくしゃくとうなずいた。

「ど、どうぞ……」

「じゃ、お邪魔します」

映写室に入るのは初めてだ。梅子はあたりを見まわし、のぞき穴に近寄った。

客席はほぼ満員になっていた。始まるころには立ち見になりそうな盛況ぶりに、思わず顔がほころぶ。まだ隅にいて場内をにらむ茂木の姿も目に入った。高いところからだと、茂木はずいぶんとちっぽけに見えた。

「いつもここから観てるんですね」

急に話しかけられて、浜本の心臓は再び大きくはねる。

「あっ、はあ……観てるっちゅうか、なんちゅうか」

松子がいきなり映写室に来たのは、浜本がまさに『火車お千』のフィルム缶を開けようとしていた矢先だった。これまで繰り返し見ていた〝お万〟が映写室に入ってくると、浜本は心臓が口から飛び出しそうになった。

その松子はのぞき穴から振り向くと、さびしそうな笑みをみせた。

「……ちょっとうらやましい」

「そうですか？　ただむさくるしいだけやと思とったけど……」

部屋に視線をもどした松子は、申し訳なさそうに目をふせて言った。

「映写の準備中でしたのね。ごめんなさい、忙しいところに――」

「いえ……あの、これから『火車お千』をかけます。松子さんの写真で、俺いちばん気に入ってますのや」

浜本は勇気をふりしぼって言った。

「その……お千よりも松子さんが演《や》ったお万のほうがずっとすてきや、と、思います」

「あら、うれしいわ……。きっと茂木先生のおかげですわね――」

謙遜《けんそん》する松子に、浜本は大きく頭を振る。

「そうやないです！　ほんまのこと言うたら、茂木さんの説明なんかいつもうわのそらですわ。俺、写真しか見てませんのや。せやから――」

「……ありがとう。本当にうれしいわ」

松子は笑った。花が咲くような笑顔だった。

三人の楽士は、いつものように楽屋でぐだぐだと話しながら楽器の手入れをしていた。

「なんだかんだいっても、しばらくは安泰だな」

古川がクラリネットにキイオイルを差しながら、のんきな声を出す。

「ああ、よかったばい。これも国定んおかげたい」

鼓《つづみ》のひもを締めながら、桜島もにんまりした。

徳田は鼻で笑った。まったく、この二人ときたら、ちょっと客の入りがよくなっただけで弛緩《しかん》しおって……前々から思っていたが、自分とは人間の器が違いすぎる。

「ほぉんま小さいのう！　言うとくが、わしはこんなとこでくすぶってる男とちゃうで」

「なん、強がりば言いよっとや」

「ほかになんのあてもないクセして」

二人から同時につっこまれて、徳田はますます気色《けしき》ばんだ。

「強がりではない！　先の日本海海戦で名を馳《は》せたこのわしを見くびると――」

プツン！

力んだ拍子に、調整していた三味線《しゃみせん》の弦を切ってしまった。

「ああっ……」

思わず情けない声をもらした徳田を指さし、桜島と古川は大笑いした。

「自分の相棒にも見くびられち、世話んなかばい」

「ついでに皮も張りかえたらどうだ。桶屋がもうかるぞ」

「な、なにを！」

徳田は憤然と立ちあがった。

「い、今に見ておれ!!」

捨《す》て台詞《ぜりふ》を残すと、徳田は三味線をつかんで足音も荒く階段を上がった。

あんな小者どもからばかにされるとは……つくづく無念だった。

物置部屋に入って、戸棚の小引き出しから弦を取り出す。三味線を置いてやれやれと座りこんだところで、簞笥《たんす》の穴を通して隣の部屋が見えることに気づいた。けちな青木夫妻が考案した、両側から使える簞笥である。

隣で寝泊まりしている国定がへたをうって、引き出しを壊してしまったに違いない。ちょうど、奥行きの長い窓が、隣の部屋に向けて開いているようなものだ。

「ん……?」

作業にもどろうとした徳田は、隣室に人の気配を感じて手を止めた。〝窓〟に向かってにじり寄り、そっとのぞきこむ。

フロックコートに着替えた国定がしゃがみこんでいた。

なんや、国定かいな。興味をなくして目をそらしかけ、徳田は思わず二度見した。

——そ、そんなあほなっ!!

国定がじっと見つめているトランクの中に大金が入っていた。ごくりと唾をのみ、箪笥にそうっと上半身をはめこんで注視したが、間違いない。古ぼけたトランクいっぱいに、十円札や二十円札がくしゃくしゃに詰めこまれている。鼓動が速くなった。解せないのは、その金を見て国定が難しい、というか、情けない顔をしていることだ。何枚かの札をつまんではポイッともどし、ぶつぶつつぶやいている。

徳田はじれったくなって耳をすませた。

「この金で、ほんまに幸せになれるんやろか……」

「な、なれる……」

国定のひとりごとに思わず返事してしまい、あわてて口を押さえてつっぷした。

どこからか「なれるー」という声が聞こえ、俊太郎はあわてて左右を見まわした。念のため隣も見たが、誰もいなさそうだ。

となると、あれは天の声やろか……この金で本当に、梅子ちゃんは幸せになれるんやろうか。

「一緒に逃げよう」という梅子の言葉がずっと引っかかっていた。青木館にとどまる以上、いずれ逮捕されるかもしれない。だったらせめてこの金を梅子ちゃんに……でも、金で幸せが買えるのか？　実際、自分にとってこのトランクは心痛の種でしかなかった。

俊太郎は思いを吹っきって立ちあがった。トランクを再び天井裏にしまう。

俊太郎が階段を下りていくと、茂木が待ちかまえていた。

「……ど、どうも」

口もとに皮肉な笑みを浮かべているが、目は笑っていない。

「主任の俺をさしおいて、新人が看板を張るとはな」

「……すんません」

「おまえ、『火車お千』を演るのか。俺の十八番《おはこ》だが――」

「分かってます」

ぐっと乗りだすと、茂木は人差し指を突きつけた。

「断っとくが、俺のまねはするなよ」

「誰のまねもしません。自分の説明で勝負してみますわ」

毅然《きぜん》として応えると、茂木は一瞬、顔色を変えた。が、すぐに冷笑を浮かべて、俊太郎を斜めからねめつける。

「ふん、そいつは結構。これで俺も心残りがねえよ」

今度は俊太郎が顔色を変えた。まさか、茂木さんまでタチバナ館に……⁉

「――ここを辞めはるんですか？」

「おっと、口がすべったな。ま、せいぜい頑張ることった……」

茂木は言うと、ふいに皮肉な調子をおさめてつけ足した。

「そうそう、裏で青木がおまえのことを待ってるぞ」

「館主さんが？」

「さあて、金の話でもしたいんだろ。おまえをよそに抜かれたらたいへんだからな。まあ、せいぜい吹っかけてやりな」

そう言って笑いながら俊太郎の肩をぽんとたたく。

「そうしますわ」

ようやく緊張を解き、俊太郎も笑顔を返した。


「なんや、どこ行ったんやろ」

きょろきょろしている俊太郎にそっと近づきながら、安田は舌なめずりしていた。

青木館の裏手は物干し場を兼ねていたが、北風が吹きすさぶ今は人の気配がない。それでも安田は周囲をもう一度確認し、俊太郎の背後に近づいた。

「よう。久しぶりやな」

いきなり声をかけると俊太郎はばっと振り返り、安田を見て驚愕《きょうがく》の表情を浮かべた。

一瞬、逃げるように腰をおよがせ、安田の手のリボルバーを見て凍りつく。

「まさか、こんな近くにおったとはな」

「……!!」

血の気が失せた俊太郎がじりじりとあとずさる。安田は連れに目くばせした。俊太郎は背中からその連れにぶちあたり、短く悲鳴をあげた。

安田はほくそ笑んだ。見世物小屋から大男を助っ人として連れてきたのは正解だった。

「あわわ……」

大男に肩をがっしりとつかまれた俊太郎に安田は歩み寄ると、その髪をつかんで顔を持ちあげ、拳銃を突きつけた。

「なにもこんな小屋で弁士のまねせんでも、持ち逃げした金がたんまりあるやろ？」

「……か、金なんか知りませんわ」

「はぁ？」

「それに、い、今はまねとちゃいます。ほんまもんの弁士です」

「なに、でかい口たたいてんのや、色モンのくせして。おまえがトランクと一緒に消えたことも、ちゃんと聞いとんのや」

俊太郎の瞳がつかのま揺れた。

「ほ、ほんまに知りません……頼んます、命だけは。お願いします、お願いします!!」

半狂乱の態《てい》で叫ぶ俊太郎を無視し、銃の撃鉄《げきてつ》を起こした。このガチャリという音で小便を漏らす者も少なくない。安田は俊太郎に顔を近づけ、笑ってみせた。

「あほか。助けるわけないやろ。死ね!!」

「あ、あ……!!」

俊太郎が絶望して目を閉じるのを見、安田は右手をおろした。

「──と、言いたいとこやが、橘のあほ娘がおまえに入れこんでてな……」

苦々しい思いで教えてやると、俊太郎は薄目を開けた。

「その代わり……」

安田は俊太郎ににんまりと笑いかけ、大男に合図した。大男は俊太郎の首に両手の指を食いこませ、そのまま高々とかかえあげた。

「──!!」

俊太郎は足をばたばたさせて暴れた。しかし力士あがりの大男はびくともしない。

「おまえの喉をつぶすと喜ぶやつがおってな……あのあほ娘も、これでちょっとは熱が冷めるやろ」

野ざらしのベンチに腰をおろして、煙草《たばこ》に火をつける。

俊太郎の瞳がくるりと反転して白目になり、口からは泡を吹きはじめた。

そのとき。

「なにしてんのや!」

突然、鋭い叫び声がした。あわてて見ると、裏道に女が立っている。その若い女は顔をこわばらせ、あたりを見まわした。

「誰か、誰か来て！　人殺しや!!」

人影を見つけたらしく、女は大きく手を振って呼び寄せる。

「あ、こっちです。早《は》よ！　人殺しです、警察呼んでください！」

「クソッたれ！」

安田は舌打ちした。

「おい、行くぞ！」

大男をうながして、安田はひとまず撤退を決めた。

逃げ去る男たちのうしろ姿を見送って、梅子は俊太郎に駆け寄った。ぐったりした身体を抱きかかえる。

「しっかりして、死んだらあかんて！」

必死で揺さぶると、やがて俊太郎は意識をとりもどし、苦しそうに咳《せ》きこんだ。

「大丈夫か!?　誰か呼んでくる！」

お手水《ちょうず》におりたら俊太郎の切迫した声が聞こえてきて、梅子は裏庭に来た。大男が俊太郎を絞めあげているのを見てとっさに声をあげたが、人が来たというのは梅子のひとり芝居である。この様子では本当に人を呼んで、医者に見せなければ……。

梅子が立ち上がろうとすると、その腕を俊太郎がつかんだ。

「……あかん……舞台に、もどらな」

かすかな声をしぼりだす。

「せやけど……」

「頼む……」

必死に懇願する姿を見て、もどかしさにおそわれた。

「あんた、いったいなにしたん？　こんなんで説明できんのか？」

「……なんとかなるやろ」

梅子の腕のなかで、俊太郎は弱々しくほほ笑んだ。心配かけまいと笑顔をとりつくろう気持ちを察して、梅子もしかたなくほほ笑みかえす。

「――ほんま、頼りない忠治やで」

わざとあきれたように言うと、梅子は俊太郎の脇に身体を入れ、立ちあがるのを手伝った。


「こちらが特等席です……さ、さ」

青木は刑事を臨官席に案内すると、その出入りをふさぐよう脇に立つ。

木村刑事がまた青木館に現れたのはついさっき、上映直前のことだ。にせ弁士の件かと肝を冷やしたが、なんのことはない、活動写真を観たいという。

「いやあ、先日、国定先生に会《お》うたらどうしても説明が聞きとうなってな」

断るわけにもいかず、青木は最後列の臨官席に刑事を座らせ、自分が隣で目を光らせることにした。油断させておいて、なにか不穏な動きをしないとも限らないのだ。

ところが当の木村は席におさまるなり汗をぬぐい、場内を見まわして目を輝かせている。どうやら「活動写真に目がない」というのは本当らしい。

青木は安堵《あんど》して客席を見わたした。今日も満席でなによりだ。驚いたことに、すぐ近くに主任弁士の茂木がいた。国定に人気を奪われているのに、なぜかにやにやしている。下手《しもて》側の桟敷席《さじきせき》に、最近よく見かけるモガがいた。このところすっかり贔屓《ひいき》にしてくれている、着物姿の男もいる。国定の話では、あの若さで活動写真の監督らしい。

まあ、それだけ国定が注目されているってえこった。たいしたもんだぜ。

やがて、幕が開き、国定がゆっくりと登場した。拍手と大歓声。女性客も多いようだ。

やつから『火車お千』を演りたいと言われたときは躊躇《ちゅうちょ》したが、試してみてよかった。

頼むぜ、国定……。

場内の明かりが消え、フィルムが回りはじめる。まず舞台の背景などを語る場面だが、国定は無言である。

けげんに思って弁士台を見ると、国定はふらつく身体を弁士台にもたれさせ、しきりに喉に手をあて、うつろな目つきで客席を見ている。

スクリーンに江戸時代の長屋が映った。主人公、清十郎がその前でもの思いにふけっている。

〈さて……よ、世にも、悲しい……〉

第一声を聞いて青木は思わずよろけた。

なんだその声⁉

いつもはもっと艶《つや》と張りがある。ところが今聞こえてきたのは、かすれて高さの一定しない、なによりも聞きとりにくい小さな声だった。

国定本人も自分の声に驚いたようだった。弱った金魚のようにパクパクと宙を噛《か》むようなしぐさを見せると、あせった表情でもう一度しゃべりだす。

〈さて、世にも悲しい……話を始めよう……笹川在《ささがわざい》、の片ほとり……お、落ち葉散る貧乏長屋の……ゴホゴホゴホ――〉

必死に声を絞りだしたのか、今度は咳きこんでしまう。

客席がざわめき、楽士たちも伴奏しながら不安そうに顔を見合わせている。それでも国定は説明を止めようとはしなかった。

〈も、もう……秋か。この、この世の見納めと――〉

もたもた話しているうちに、スクリーンでは、清十郎のもとにお千がやってくる。

〈清十郎、さま……〉

今度はお千の声を出そうとするが、女声《おんなごえ》はいっそう聞けたものではなかった。青木のひたいに汗がつたった。

「国定、どないした！」

客のひとりがとうとうしびれを切らして叫ぶと、周りも次々に野次を飛ばす。

「しっかりしゃべらんかい！」

「聞こえへんぞ！」

「弁士交代！」

弁士交代、と聞いて反射的に茂木に目をやる。なんと茂木は笑っていた。口に拳《こぶし》をあて、大爆笑をおさえているようにさえ見えた。

いやな予感がした。かたわらで木村刑事がぶぜんとした声を出す。

「なんやこれは……おい、どないなってんのや？」

「ど、どないなってんのでしょうか……」

青木にもわけが分からなかった。

「国定、ひっこめ！」

「看板倒れやぞ!」

「わしが代わろか?」

野次や笑い声はどんどん大きくなり、もう俊太郎はうつむくほかなかった。ここで自分が評判を落としたら、青木館が受ける傷は、はかり知れない。無理に出てきた自分があさはかだったのか。直前であっても休演すべきだったのでは。いや、今からでも――。

俊太郎が白旗をあげようとしたそのとき、突然隣に人が立った。梅子だ。

〈「清十郎さま! 外は寒うございます。お身体にさわりますゆえ、どうか中へお入りください」〉

驚く俊太郎を見つめながら、梅子がお千の台詞を語りだすと、俊太郎もごく自然に返事がついて出る。

〈「……かたじけない。しかし、もう行かねばならぬ」〉

不思議と喉のつかえが取れ、なめらかな声が出た。

〈「いいえ、行ってはなりません。行けば同士は必ずあなたを斬ります!」〉

〈「離してくれ……同士が裏切ったことは百も承知。それでも行かねばならぬのだ。命があったらまた会おう」〉

客に説明するのではなく、目の前の梅子に話しかけるように語ればいい。

そう考えると俊太郎は自然に落ち着き、いつもの声をとりもどしていた。

〈清十郎は、泣いてすがるお千を振りほどき、長屋をあとにするのであった〉

〈「清十郎さま！」〉

泣き叫ぶお千の顔に梅子の悲しげな声がかぶさった。

客席は静かになっていた。かすれ声しか出さなかった国定が、女弁士が急に現れたとたんに息を合わせて二人で語りだしたのだ。そういう演出なのかと納得したようだ。

二人は互いの顔を見ながら語り続けた。

決戦の地へと向かう清十郎の前方から、お万がやってくる——。

〈このとき、姉のお千を訪ねてやってきたのは妹のお万であった〉

清十郎に気づいて駆け寄ってくるお万——。

〈「あら、清十郎さま」〉

梅子がスクリーンの沢井松子に声をあてる。俊太郎が説明と男の声を、梅子が女の声を自然に受けもっていた。

〈子どものころより密《ひそ》かに想いを寄せるお万は、清十郎との再会をおおいに喜んだ。

「お万。息災であったか？　しばらく見ぬまに、美しい娘になったたな」〉

俊太郎が梅子に言うと、梅子はほおを赤らめて俊太郎を見つめる。

〈「いやですわ、おからかいになっては。姉は清十郎さまがお帰りになる日を心待ちに

しておりました。さぞ喜んでいることでございましょう」〉
〈「あいにく、野暮用で出かけるところ。姉上を、よろしく頼んだぞ」〉
〈「はい。行ってらっしゃいませ」〉
〈そしてついに、汚名をそそぐべく単身、城下へ乗りこんだ清十郎であったが、又兵衛《またべえ》の一団が行く手をさえぎるのであった。

抜きはなたれたる清十郎の刃《やいば》、銀蛇《ぎんだ》一閃白光乱舞《いっせんはっこうらんぶ》……だがしかし、多勢に無勢。徐々に形勢不利となり、ついに清十郎は力尽きた。

清十郎は裏切り者、又兵衛との戦いに敗れて壮絶な死をとげる——〉

客席を見わたすゆとりが生まれた俊太郎は、映画監督の二川の姿を認めた。食いいるように弁士席の梅子を見つめている。例のモガもいた。いつもは冷たい目で弁士席を見ているのに、今日はなにやらとろんとした表情を浮かべている。

後方に茂木がいた。怒りに燃えるまなざしで二人をにらんでいたが、俊太郎と目が合うと立ちあがり、ぷいっと外へ出た。

梅子は台詞を言う喜びに酔いしれていた。撮影現場では、いまだに「いろはにほ〜」としかしゃべらないからだ。

隣の俊太郎は、完全に調子を取りもどしている。

スクリーンでは、清十郎の仇《かたき》をとるため自ら女郎に身を落としたお千が、まんまと客でついた又兵衛と布団の中に入る。お千は寝入った又兵衛のすきをつき、かんざしでその首を突き刺した。

激痛に目覚めた又兵衛は、首をおさえ信じられないという表情でお千をにらむ――。

〈「な、なにをするか、女！」〉

〈「おまえに殺された清十郎さまの仇だ！　地獄へ落ちるがいい!!」〉

お千は、逃げる又兵衛に馬乗りになり、何度も突き刺す――。

〈苦しみ逃れる又兵衛になおも襲いかかるお千。必死にあらがう又兵衛をお千の怨念の炎《ほむら》が焼きつくしたのでありました〉

やがて動かなくなった又兵衛を、鬼の形相で見おろすお千――。

〈恋の恨みを晴らさんがため、冷酷非情の鬼となったわが身を憂い、哀しげに薄笑いを浮かべるお千。……しかし、そのお千にも、ついに最期のときが迫っていた〉

御用提灯《ごようちょうちん》がお千を取り囲んだ。観客たちは固唾《かたず》をのんでスクリーンを見守っている。

〈御用提灯、十手《じって》の群れ。役人たちがお千を取り囲む。

「火車お千！　神妙に縛《ばく》につけい！」

血しぶき浴びて獅子奮迅《ししふんじん》。情け容赦なくお千に降りかかる十手銀棒雨あられ！　刺股《さすまた》、袖搦《そでがら》み、熊手、梯子《はしご》とあらゆる道具が武器となり、ひとりの女を追いつめた！〉

〈「清十郎さまの仇をとった今、この世に未練があるもんか！　火車のお千、立派な死に華を咲かしてやるよ！」〉

梅子は啖呵《たんか》を切った。爽快感が駆けぬける。

〈そのとき、繰り出す槍《やり》がお千をひと突き！〉

刺しつらぬかれたお千はゆっくりと倒れる――。

〈だがしかし、崩れ落ちるお千の顔には、安堵の色すら浮かんでおりました〉

〈「清十郎さま……千は、千はやっと、清十郎様のおそばにまいれます」〉

自然と涙がにじんでくる。恋に殉じるお千の恍惚《こうこつ》が梅子に乗りうつる。

〈やがてひとすじの涙とともに、ついにお千は息絶えるのであった。

お千の熱き思いは白山の雪を溶かし、紅《くれない》の涙となり散りて終わりぬ……。

悲しき女の今なお残る語り草、天保《てんぽう》の春を彩る物語。悲恋『火車お千』、全巻の終了であります〉

しみじみと語り終えて、俊太郎は輝くような笑みを梅子に向けた。二人は笑顔でしばし見つめあい、客席に深々と頭を下げた。大歓声が全身を包む。

浜本は沢井松子に大きな拍手を送りながら、心の中で国定を罵っていた。

あの野郎……俺の松子を！　勘弁せえへんぞ！

映写機を回している間ずっと国定を罵倒していたが、弁士台に立つ松子の輝きにも驚かされていた。これまで観たどんな写真よりも闊達《かったつ》で自信に満ち、美しかった。

臨官席では、刑事らしい男がハンカチで何度も涙をぬぐっていた。隣の青木になにやら熱く語りかけ、青木もうれしそうにうなずいている。

弁士台に目を転じて、浜本はわが目を疑った。洋装の派手な女が国定を抱きしめ、その耳もとで何かささやいている。

松子は呆然とその場に凍りついていた。

「国定ぁ！　この野郎!!」

浜本は声を出してどなった。

「すばらしかったわ、国定先生！」

桟敷席からおりてきた琴江は弁士台に駆けてくると、おおげさな身振りで俊太郎を抱きしめた。

梅子はぎょっとして二人を見た。俊太郎は顔を赤くして硬くなっている。

「このあとお茶でもいかが？　ゆっくりお話ししたいわ」

「いえ、今日はちょっと……」

梅子がたじろいでいるうちに、次々とほかの女性客も俊太郎めがけて押し寄せてきた。

「国定先生！　すてきっ!!」

「感動しましたわぁ〜！」

「可愛い!!」

若きスター弁士に群がる女たちには、梅子の存在など目に入っていないようだ。

「ちょっと、なんですの⁉　あなたたち！　邪魔よ、離れなさい！」

琴江と女たちが言いあいを始めると、梅子は弁士台からそっとあとずさった。俊太郎は騒ぐ女たちに気を取られている。梅子はひとつため息をつくと、舞台に背を向けた。裏口から外へ出るころには、いっそさばさばした気持ちになっていた。空を見あげる。

もう思い残すことはないわ。これでおさらばや——。

この町を出る。もう女優も辞めるつもりだった。思いもかけず『火車お千』を力の限り演じて、自分にできることはすべてやった気がしていた……。

風呂敷包みを手に青木館の裏木戸をくぐろうとして、人影に気づいた。茂木と、先ほど俊太郎を拳銃で脅していた男が目の前に立っていた。

茂木はくちびるを怒りに震わせて、梅子をにらみつける。

「よくも俺の顔に泥を塗ってくれたな」

「——!!」

助けを求めてせわしなくあたりを見まわしたが、青木館の裏手には、あいかわらず人の気配がなかった。

その日の夜。俊太郎は、浜本の身体を支えて飲み屋街を歩いていた。

「この破廉恥《はれんち》野郎！」

「この泥棒！」

泥酔《でいすい》した浜本は、さっきから壊れたレコードのように同じ文句を繰り返している。

「はいはい、分かりましたって」

といいなしながら俊太郎は、浜本につかまってしまった数時間前の自分をのろっていた。

――興行が終わって、俊太郎は梅子の姿を探していた。表に出てあたりを見まわしていると、背後から浜本に羽交《はが》い締めにされた。

「おう、国定！　今日は俺にとことんつきおうてもらうからな！」

有無を言わせぬ浜本の目は据わっていた。気がせくあまりに思わず口走った言葉が、火に油を注いでしまった。

「いや、梅子ちゃんを探してまして、その――」

「梅子ぉ!?　おまえ、俺の松子を横取りしといて〝梅子〟やて？　もう堪忍《かんにん》せんぞ、この破廉恥野郎が!!」

すっかり逆上した浜本に拉致《らち》され、はしご酒につきあわされたのだ。ひと口飲んだとたん、浜本はあっという間に絡んできて、俊太郎はさんざんな目にあった。今は一刻も早く青木館に連れて帰り、楽屋にでも転がしてしまいたかった。

「大丈夫ですか？　もうちょっとやから、しゃんと歩いてください」

「大丈夫や……俺を舐《な》めんやないぞ、こらぁ！」

浜本は吼《ほ》えると俊太郎の腕を振りほどき、近くの縄のれんに千鳥足で入ろうとする。

「もう帰りますよ」

止めようとするが、すねた子どものようにイヤイヤをする。

「あほ、もう一軒や。まだ帰さんぞー!!」

近所中に聞こえそうな声を張りあげる浜本は、俊太郎にはもはや制御不能だった。

「分かりました、分かりました。ほな、もう一軒行きましょう」

なだめるつもりで目の前の縄のれんをくぐった。暖かい空気がふわっと二人を包む。

「いらっしゃい……大丈夫ですか？」

カウンターの中にいた女将《おかみ》が心配そうな声で尋ねる。俊太郎はうなずきながら浜本をそっと座らせた。案の定、浜本はカウンターにつっぷしたとたん、いびきをかきだす。

やれやれ……ほっとして腰かけた俊太郎は、カウンターの奥の山岡に気づいた。

「先生……」

俊太郎の小声に、山岡はこちらを見て鼻を鳴らした。

「なんだ、おまえたちか」

俊太郎はあわてて立ちあがる。

「あ、あの……いろいろとご迷惑をおかけしまして」

早く謝らねばと思いながら、ばつが悪くて今まで山岡を避けていたのだ。

「にせ弁士の件か？」

「あ、いえ――」

「まぁ、いい」

山岡はめんどうくさそうに言うと自嘲《じちょう》的な笑みを浮かべ、酒を口に運んだ。その手が震えている。

「――いくらお好きでも、ほどほどにされませんと」

「好きで飲んでるわけじゃねえ。酒はあるから飲む、なければ飲まない。別に茶でも水でもいい……酔えるんならな」

「どういうことです？」

俊太郎には意味が分からなかった。

青木館での山岡はいつも酒におぼれていた。けれども、けっしてうまそうに飲んでいるわけではない。むしろどこか悲しげですらあった。

「へっ、情けねぇ……」

「すんません」

俊太郎は、思わず首をすくめる。

「ばか、そうじゃねぇ。情けねぇのは活弁ってやつだ」

「なんでです?」

「……活動写真も近ごろじゃ、映画なんぞと呼ばれているが……この映画ってやつはなあ、もうそれだけでできあがってる。なのにだ、俺たちはそれに勝手な説明をつけてしゃべる。これがじつに情けねぇ……」

そう言って山岡は酒をあおった。どんと茶碗を置くと、俊太郎を見すえる。その目は冷静だった。

「説明なしでも映画はありうる。だが映画なしで説明はありえねぇ――いいか、俺たちの仕事ってのはな、その程度のもんなんだ……」

――日本の映画は海外の映画に比べて映像表現の技術が遅れている。弁士が説明する前提でつくられており、映像を工夫する必要がないからだ――。

そんな批判をする評論家がいることも俊太郎は知っていた。そして、そんな日本映画に危機感をもった若い映画人たちが、「純映画劇運動」と称して〝映像で見せる映画〟を作ろうと模索していることも。しかし、そんな試みはしょせんインテリのお遊びで、これだけ観客に支持されている活動弁士を悪く言うのはただのやっかみだと思っていた。

でも先生は違う。真剣に活動写真の未来を考えているのだ……。


「着きましたよ」

俊太郎は結局、二人の酔っぱらいを両脇にかかえて青木館に帰るはめになった。

ようやくたどりつき、苦労して裏木戸を開ける。

「少々飲みすぎちまった──」

「大丈夫ですか、先生。今、布団を敷きますから」

二人をおろして電気をつけ、俊太郎はその場に立ちつくした。

入ってすぐの経理部屋は見るもむざんに荒らされていた。戸棚や引き出しのもの、机上の置物や書類……すべてが床に散乱し足の踏み場もない状態だった。

「なんやこれ……！」

緊迫した声に顔を上げた山岡も、一気に酔いが醒《さ》めた様子だった。

「……空き巣にでも入られたか」

「ほかの部屋も見てきますわ！」

俊太郎が急いで見にいくと、楽屋も同じような有りさまだった。

ただの物取りがここまで荒らしまわるだろうか……まるでなにかを探しまわった跡のようだ。もしかしたら……。

二階へ駆けあがる。なぜか廊下の電気がついていて、俊太郎の不安はつのった。

――思ったとおりだった。部屋に入ってみると、簞笥の中はいうにおよばず、桐箱のフィルム缶もすべて引っぱりだし、中身のフィルムはすべてずたずたに切りきざまれてばらまかれている。

なんやこれ⁉ と目を見張った瞬間、背中に強い衝撃を受けて、俊太郎は散乱したフィルムのなかに倒れこんだ。

蹴られた！ とっさに悟り、あわてて振り返ると、目の前にくわえ煙草をした安田が立っていた。首根っこをつかまれる。

「おい、金はどこや！」

「そ、そやから、知らんて――」

安田はそのへんのフィルムを拾い、煙草を近づけてすごんでみせた。

「――このボロ小屋を炭の山にされてもええんか？」

可燃性のフィルムには一瞬で火がつくはずである。部屋中に散乱したフィルムが燃えあがれば、青木館はひとたまりもないだろう。

「……わ、分かりました」

俊太郎は立ちあがって天井板をはずしにかかった。梅子にわたそうと思ったが、もう観念するしかない。

「なんや、そんなところに隠してたんか」

安田が見あげて、いまいましそうにつぶやいた。

ところが、いくら伸ばしても俊太郎の手は天井板に触れるばかりで、トランクに当たらない……あわてて桐箱を踏み台にして天井裏をのぞき、俊太郎は蒼白《そうはく》になった。

「ないわ……のうなってる！」

呆然とつぶやいた。目の前にはただ、ほこりっぽい天井板が連なっている。

「この期におよんで、シラ切るな！」

怒りくるった安田は、俊太郎を引きずりおろした。

「ほんまに、ここに入れたんです！　信じてください！」

「誰が信じるかっ！　とっとと出さんかい！」

安田が俊太郎を締めあげようとしたそのとき、山岡の声がした。

「国定、どこにいる！　国定!!」

「……クソッたれ！　また、邪魔が入りやがった」

安田は舌打ちすると、俊太郎の胸ぐらをつかんで耳もとでささやいた。

「ええか、明日、うちの事務所まで持ってこい！　女の命が惜しかったらな」

「……女？」

「おまえを助けた、あの勇ましい姉ちゃんや。茂木が手土産《てみやげ》代わりや言《ゆ》うて、橘に差しだしとったが……」

そう言うと安田はにやりと笑みを残して、山岡の声とは反対の階段へと歩き去った。

「そんな……」

梅子ちゃんが橘に……その場にがっくりと膝をついた。

「国定！」

足音をたてて山岡がやってくると、部屋の惨状を見て絶句した。

「こいつぁ、ひでえ……」

「先生……」

俊太郎は力なく山岡を振り返った。消えてしまいたい思いだった。

青木は山岡にたたき起こされて変事を知った。

「なんだ、こりゃ……」

着替えもそこそこにフィルム倉庫に駆けつけたが、部屋の中をひと目見るなり、青木は言葉を失ってしまった。膝の力が抜けて、転がったフィルム缶の前にへなへなと座りこむ。ぐちゃぐちゃになったフィルムを拾いあげた。

「全部むちゃくちゃにしやがって……こりゃ、ただの物取りじゃねえな。橘のしわざか！　なあ、橘か⁉」

散乱したフィルムのなかを歩きまわりながら、青木は部屋にいる連中を順番ににらみつけた。

国定はうつむいたままなにも答えず、浜本も、無言で中空を見つめて座りこんでいる。山岡は腕を組んでじっと目を閉じていた。

「こんなまねしやがんのは橘しかいねえだろ！　ちくしょう！」

青木はまた膝からくずおれて、フィルムをかき集める。

「明日から、どうすりゃいいんだ。ちくしょう……もうおしまいだよ……」

青木はフィルムを抱きしめて号泣した。

「あんた、まさか、このまま泣き寝入りするつもりじゃないだろうね」

ずっとおし黙っていた豊子がポツリと言った。その表情は怒りに燃えていた。

「写真はあたしらの命だよ！」

妻の言葉に、青木はぼんやりと顔を上げる。

老舗《しにせ》の写真館として、興行に穴をあけるのは青木だってプライドが許さない。かと言ってどうすれば……本来、借り物であるフィルムが、すべてずたずたにされたのだ。朝いちばんで代理店へ出向いて頭を下げたところで、まずは弁償が先だと言われるだろう。再び信用を得るまでは、新たなフィルムなど貸してくれるはずがない――。

青木が黙っていると、はじかれたように国定が嗚咽《おえつ》を漏らしはじめた。背を丸め、身の置きどころもないといった様子でうずくまり、肩を震わせる。

すると——。

「……明日は予定どおり、小屋を開けてくれ」

山岡が毅然とした口調で言った。

はあ？　青木はあっけにとられて山岡を見る。

「開けてどうすんです⁉　写真もねえってのに」

山岡は答えず、驚き顔の浜本にあごをしゃくった。

「浜本、使えそうなフィルムをつなぐんだ」

「はぁ⁉　つなげ、言うたかて……」

浜本もぽかんとしている。青木はがっくりと肩を落とした。

「それじゃ筋が……むちゃだよ、そんなの‼」

フィルムは邦画に洋画、現代劇や時代劇と、種類がぐちゃぐちゃなのだ。無傷な部分だけ拾い集めてつなげても、一本の完結する話になんかなるはずがなかった。

青木は弱気になってかぶりを振る。その目の前に山岡が立った。

「ばか！　なんのために俺たちがいると思ってる⁉」

「……そうは言っても……」

なお抗弁しようとする青木を意に介さず、山岡は言いはなった。

「国定！」

おし黙ったままの国定が山岡を見た。

「はい」

「やれるな」

「……はい」

国定はきっぱりとうなずいた。


安田は青木館から出ると八岐新町にもどり、橘に報告するため料亭へ参上していた。

向かい合わせに座った橘は、仏頂面《ぶっちょうづら》で盃をよこす。

「万事、うまいことといったか？」

無意識なのだろうが、橘はしきりに自分のほおを触っている。

「へい、久しぶりに思いきり暴れてやりました。もう青木館はおしまいですわ。奴が持ち逃げした金も、明日にはもどってきます」

警察《サツ》に捕まり、おまけに金まで盗まれ……橘に「〝ダルマ男〟になるか⁉」とすごまれたときは正直、失禁しそうになったものだ。これでやっと失態の帳消しができる。

「そうか。……女はとっとと売っ払え」

唐突な指示に思わず橘の顔をのぞきこむと、その左ほおに長々と傷ができていた。ひ

はこっぴどくやられたらしい。

「あのアマ……もう勘弁せん」

安田はふきだしそうになるのを必死で我慢した。どうやら茂木の女に抵抗されて、橘はこっぴどくやられたらしい。

なかなかの上玉だったが、これであの女の人生も終わりだ。女郎屋に売られ、ぼろ布のようになるまで男を取らされるだろう。そう思うと、少し惜しい気がしないでもない。

安田は妄想を振りはらうと、自分の用に入った。

「……ついでに、ニセ弁士野郎も始末させてください」

「あぁ。ただし琴江には気づかれんようにやれ」

「分かってます」

安田の返事を聞きとろうとして、橘は顔をしかめた。上の部屋から聞こえていたにぎやかな歌い声がどんどん大きくなり、声をひそめた二人の会話は、嬌声《きょうせい》や笑い声に邪魔されるのだ。

「あー、やかまし。どこのどいつが騒いどる?」

橘はいらだった顔で天井を見あげた。

歌声がまた大きくなった。先の戦争で流行《はや》った歌だ。

〈国の光を加えたる

我が海軍の誉《ほま》れこそ
千代に八千代に曇《くもり》なき
朝日と共に輝かめ〉

「あーさひとともにかーがやかっめ〜っ！」

徳田は上機嫌で『日本海海戦』の歌、全十五番を歌い終えた。地方《じかた》をつとめる老妓《ろうぎ》がジャンと三味線をかき鳴らすと、大勢の芸者が黄色い声をあげて徳田に拍手を浴びせた。

この歌は、酒が入ったときの徳田の定番だった。それを町一番の料亭の特別室で、総揚げした芸者衆と合唱でき、徳田は深く満足していた。

隣の芸者の膝をなでながら、かたわらのトランクをしっかりと抱き寄せ、つぶやく。

「天は正義に与《くみ》し、神は至誠《しせい》に感ず……か」

「なに言うてますの？」

隣の芸者が不思議そうに尋ねた。

「知らんのか？　東郷元帥《とうごうげんすい》のありがたいお言葉なんじゃ。こう見えてわしは先の戦争で元帥のもとにて一意奮闘し、その功績により特別に勲章を授かった男じゃ……」

苦みばしった顔で遠くを見つめながら言うと、徳田は破顔して芸者の肩を抱き寄せた。

「まぁ、すべては神のおぼしめし、いうことや」

嬌声がいっせいにあがる。

「まぁ、お見それいたしました！」

「お国のために命がけで戦う男性ってすてきですわ！」

「ええ男やわぁ！」

女たちの賛辞に気をよくした徳田は、トランクから紙幣を取り出し部屋にばらまいた。

「そおりゃ！　早い者勝ちやで！」

「わぁ――‼」

札をあさる女たちと一緒にけたたましく笑いながら、徳田はおのれの勝利を祝った。


そのころ、梅子は暗闇のなかでひとり座っていた。

茂木は青木館で梅子をつかまえると、その腕をひねりあげたまま料亭まで連れてきた。

やがて橘が現れ、茂木は下卑《げび》た笑いを浮かべて辞去した。

橘は梅子を隣の部屋の布団の上に突き転ばしたが、そこからは必死で、本当に必死で抵抗した。うまいこと爪がほおをえぐると橘は悲鳴をあげ、やがて駆けつけた子分に梅子はとりおさえられた。

橘は一発、梅子に平手打ちをしたあと、子分たちに、

「……あとは手ぇ出したらいかんぞ。高《たこ》うに売れん」

と冷たく言った。

そして今、梅子はいすに座ったまま縛られ、橘興業の物置部屋にいる。扉の外には例の大男が見張りに立ち、電灯の光をさえぎっている。男が小用などで離れたときだけ、隣室から漏れる光に見世物小屋の古い看板や使わなくなった見世物の人形などが浮かびあがった。

隣室にこうこうと明かりはともっているが、今は大男がひとりいるだけのようだ。

かすかなブレーキ音がして、硬いヒールの音が近づくと、事務所のドアが開いた。

「お父さまは？」

琴江の声だ。大男が答える。

「はぁ。お出かけになりました」

「また夜遊び？　しょうがないわね――」

会話に耳をすませていると、琴江が鋭い声を出した。

「で、おまえはどうしてそこにいるの？」

大男がぐっと息をのむ気配が伝わる。

「いえ、その……中には、だーれもいてません」

「はぁ？」

琴江がますます声を荒らげる。

「誰かいるのね？　ちょっと、開けなさい！」

「は、はい！　どうぞ」

大男の返事と同時にまぶしい光が押しよせ、梅子は顔をしかめた。逆光のなかにしゃれたスーツのシルエットが浮かぶ。

「あら、あなた。ここでなにしてるの？」

琴江のすっとんきょうな声を聞き、梅子は思わずかっとなった。

「はぁ⁉　こっちが聞きたいわ！」

しかし琴江はすぐに事情をのみこんだ様子で眉をひそめた。

「なるほど、そういうわけ……まったく」

小さく舌打ちすると大男に、

「出てっていいわよ」

とあごで示した。

大男が事務所をあとにすると琴江は振り返り、梅子の顔をのぞきこんで言った。

「ちょうどよかった……ねえ……あなたと国定先生って、どういう関係？」

「なんでそんなこと言わなあかんのや」

梅子はいきりたって琴江を見返した。

「あの人のことを知っておきたいの」

その声にはいつぞや茂木に話しかけたのと同じ、欺瞞《ぎまん》の響きがあった。

「……引き抜くつもりか？　ほなあきらめたほうがええわ」

「あら、どうして？」

「……国定忠治は、義理人情に厚い任侠《にんきょう》の男なんや！」

「……なんなの、それ？」

琴江はさもおかしそうにふきだした。洋ものや新派ばかり観ているこの女には、国定忠治という名前それ自体が噴飯《ふんぱん》ものなのだろう。しばらく耳ざわりな声で笑ったかと思うと、ふいに真顔になり、梅子に顔を近づけた。

「いいわ、ここから出してあげる。その代わり、あの人のことを教えて」


夜も更けてきたが、俊太郎の部屋では俊太郎と浜本がずたずたになったフィルムの再生作業に没頭していた。

浜本が無傷のフィルムを集めて、接合部分の乳剤面を握りばさみで削り、フィルムセメントでつなぎあわせる。俊太郎は映っている画《え》を見ながら藁半紙《わらばんし》に鉛筆を走らせる。話の筋書きを考えているのだ。

「〈楽しい夢の脆《もろ》くも破れ、忠治取り巻く十手《じつて》の群れ〉……と。あかんわ、捕まってしまうがな……」

ぶつぶつとつぶやいていた俊太郎は、ふと思いついて浜本を振り返った。

「浜本さん、男と女が悪いやつから逃げおおせるような、そんな画ないですか?」

「逃げる? どこへ?」

フィルムをつなぐ浜本は顔も上げずに聞いた。

「そうやな……絶対に追手《おって》の手が届かんとこ——空の上とか!」

「はぁ? そんなもん、あるわけないやろ」

浜本はあきれた顔をすると、便所に出ていってしまった。

「せやなぁ……」

俊太郎はまた藁半紙に目を落とす。


橘興業の小部屋で、梅子は少しだけ冷静さを取りもどした。

知ったふうな顔で梅子を見おろしている橘の娘に、俊太郎と自分との関係がどれほどかけがえのないものか、思い知らせてやりたい。

「あの人は……うちがいちばん、ほしかったもんをくれたんや」

「茂木先生はくれなかったの?」

琴江は即座に尋ねてきた。皮肉な笑みを浮かべている。

「だって……あなた、茂木先生の女だったじゃない」

ほおが熱くなった。気がつけば大声を出していた。

「恵まれた人には分からんやろ⁉　みじめなころにもどるんがどんだけ怖いか！」

縛られたままの梅子がどれほど吼えようと、琴江は毛ほども動じない。

「あら。今だってじゅうぶん、みじめに見えるけど」

梅子は歯嚙《はが》みして琴江をにらんだ。

なに不自由なく生きてきた者を相手に、自分はなにを分かってもらおうとしていたのか。はなから見くだされ、同じ人間とは思われていないというのに……。

「あんたなんか……あんたなんか、幸せっちゅうもんがなんなんか、分からんやろ？」

我慢できず、思わず口走っていた。

琴江は余裕の笑みのまま、さらに挑戦的に迫ってきた。

「……じゃ、教えてくれる？」

「教えたるわ！　幸せっちゅうのはな……幸せっちゅうのは……」

梅子はここで、はたと考えこんでしまった。自分にとって幸せって、いったい……。

「なんなの？」

「幸せっちゅうのは……キャラメルの味や！」

突然浮かんだ言葉だった。けれど言葉にしたら、すとんと腑《ふ》に落ちた。

ずっとひとりぼっちだった自分を幸せな気持ちにしてくれた、唯一無二の味がキャラメルだった。

「はぁ⁉」

あぜんとした琴江を無表情に見返す。

「こいつらも、客に見てもろてこそ輝くんや」

便所からもどってきた浜本は、秘蔵のフィルム缶をかかえていた。

大切そうに缶を開けると、中を探って小さなロールを取り出した。わざと俊太郎の目の前にフィルムをかざし、おどけた声を出す。

「お、れ、の、松子も出したろかなぁ……」

そう言うと横目で俊太郎の顔を見、急に真顔になってフィルムを差し出した。

「もう……松子はおまえにまかすわ」

俊太郎は神妙な顔で両手を出した。

「おおきに……」

受けとったフィルムを明かりにかざしてみる。武家娘の扮装をした梅子が道ばたで振り返り、美しい笑顔を見せていた。

「ほな、国定忠治と絡みやな……」

思わず出たつぶやきに、浜本が怒りに震える。

「絡み⁉　国定とやて⁉　見そこなったわ、やっぱりそれ返せ！」

フィルムを取りもどそうとつかみかかってきた。

「はぁ⁉　絡むのは俺やのうて国定忠治ですやん」

「あかんっ‼」

「せっかく折れてやったのに」とか「茂木よりましかと思ったら」など、意味不明な雄《お》叫《たけ》びをあげる浜本から、俊太郎はひょいひょいと逃れてフィルムを守った。

「もう、ええやろ……」

梅子は力なく言った。

あれから二人は、しばらく会話を試みた。国定天聲の出身地。師匠は誰で、趣味は……琴江の質問に答えたが、すべて思いつくままのでまかせだった。自分とは育った環境もなにもかも違うこの女と、なにを話したところでしょせんむだなことだ。

「そうね。とても参考になったわ……」

琴江も分かっていたのだろう。あっさりうなずくと部屋を出ていこうとする。梅子はあせった。

「ちょっと、出してくれるんと違うんか⁉」

「あら、知らなかった？　私は義理も人情もないの」

あぜんとした梅子に冷たい笑いを投げると、琴江は音をたてて物置のドアを閉めた。

騒々しい夜が明けた。

俊太郎が裏口から出ると山岡がベンチに腰をおろしていた。どこを見るでもなく、煙草をふかしている。

山岡は目を合わさぬまま聞いてきた。

「終わったのか？」

「はい。特別興行にふさわしい豪華版ができましたわ」

俊太郎は晴れやかに答えた。心なしか、山岡も柔和な表情にみえる。

「……そうか」

しかし俊太郎には、急いでやらねばならない大事な用があった。

「あの……どうしても、行かなあかんとこがありまして――開演までにはもどります」

山岡はこちらを見もせず、ただゆっくりと煙草をくゆらせていた。その横顔に頭を下げると、急ぎ足で往来へ向かった。

俊太郎は歩きながらポケットをさぐり、一枚の名刺を取り出した。

映画監督の二川にもらった名刺だった――。

第六巻　俊太郎、七色の声で魅了する

「さあ、入った、入った！　火車お千に金色夜叉《こんじきやしや》、国定忠治に椿姫。その他なにが出るかは見てのお楽しみ！　ほかでは絶対に見られない夢の活動大写真だ！」

　青木は道ゆく人にチラシをまきながら大声を張りあげた。吸い寄せられるように人々が集まってくる。

「今の話はほんまかいな？」

「天地神明《てんちしんめい》に誓ってほんまですがな」

「なんで国定忠治と椿姫が共演するんや？」

　青木は腹に力をこめて、ニイッと笑う。

「――それは見てのお楽しみ」

　くるっと背を向け往来に叫ぶ。

「さぁさ、見なきゃ損だよ。聞かなきゃ後悔するよ！」

客たちは首をひねりながら小屋に入っていく。なんか変だが、古今東西の有名作品が目白押し、一度に観られる豪華共演なのだ。

チラシは達筆な豊子に頼みこんで書いてもらった。いぶかしげな豊子の顔を見るまでもなく、本当に客を入れてもいいものか、青木も不安でいっぱいだった。しかし……もうあとには引けない。

頼むぞ——青木は客のうしろ姿を見ながら祈った。

事務所に顔を出した橘は昨夜ほど機嫌が悪くなかったので、安田は安心した。

「琴江が来たらすぐ、神戸までお供したってくれるか？」

「……へえ」

さっそく代理店に行くという。

フィルムをずたずたにされた青木館は当分、営業どころではないだろう。この機に乗じて、タチバナ館《うち》にこのあたり一帯の興行をまかせてもらうよう、ねじこみに行くのだ。琴江なら、うまくたらしこむに違いない。

橘は珍しくおだやかな表情で茶をすすると、ぽつりとつぶやいた。

「わしゃ、ほんまは活動写真なんて好かんのや」

「……へえ」

　それはなんとなく察していた。

「写真に撮ったもんなぞ、しょせんはにせもんやろ？　それより見世物小屋で、客の目の前で演じる芸、あれこそがほんまもんやと思うんや……けど、琴江が活動好きでなぁ」

　あいづちを打つよりほかにない。

「あいつのためにも、この町にはタチバナ館だけあればええんや。それを、ちょっと先に商売を始めたからいうて、いつまでも……」

　血相を変えた手下が駆けこんできたのはそのときだ。一枚の紙をわなわなと震える手で橘に差しだす。

「こっ、こっ、これ……」

　橘がもぎ取ったのは真新しいチラシだった。なんと、青木館は今日も営業するとある。橘の顔面が朱に染まった。

「安田！　こりゃどういうこっちゃ!!」

　突きつけられたチラシを急いで見てみると、なにやら景気のいい文句が並んでいた。

「いや、昨日、間違いなく……どうなってんのや」

　ぼんやりと首をかしげる安田を一瞥《いちべつ》すると、橘は杖を手に立ちあがった。

「行くぞ」

安田もあわててあとを追う。十人ほどいた手下たちも席を立った。

劇場出入口の脇にある小さなドアを開け、転げるように出たところで、橘はいきなり振り向いた。

「このどあほッ!!」

声を荒らげて、杖で安田を殴りつける。

「あうっ！」

激痛に、安田は思わず膝をついた。

「……ほんま、わけが分からんのです……なにかの間違いや」

うめきながら弁明したが、橘は耳も貸さず、停《と》めてある自家用車のほうに歩いていく。

気がつけば、周りの手下たちが安田を不憫《ふびん》そうに眺めていた。

「間違いやなかったら、どうなるか分かっとるな⁉　覚悟せい!!」

と、橘は後部座席のドアを音高く閉めた。安田もあわてて助手席に乗りこんだ。

車を見送ると残った手下たちは、ほっとした表情を浮かべた。俊太郎はじりじりしながら、彼らが「飯でも行こか」などと言いながら通りを歩いていく様子を見守った。

タチバナ館の正面に履きもの屋がある。俊太郎は、店の客をよそおって橘たちの動向をうかがっていたのだ。

梅子はここにいるはずだった。

俊太郎は橘興業のドアから中へすべりこんだ。すぐ左手に事務所の入口があり、ドアが開いていた。その脇には便所がある。

そっと顔をのぞかせると、幸い中には誰も残っていないようだ。手前と奥にもそれぞれドアがあった。恐るおそる手前のドアを開けた。劇場のロビーにつながっている。と、いうことは……しのび足で奥のドアに近づき、ドアノブを回してみる——が、鍵がかかっていて開かない。

ひょっとすると、ここに閉じこめられとるんちゃうか……。

俊太郎はドアに耳をつけると、声をひそめて呼びかけた。

「梅子ちゃん……梅子ちゃん……いてんのか？」

すると内部でなにかがうごめく気配がし、梅子の声が聞こえた。

「俊太郎さん？　俊太郎さんか！」

やっぱり！　〝一念、天に通ず〟や……生きていてくれて、よかった。

「そうや、助けにきたんや。大丈夫か？」

「縛られてんのや。早《は》よう開けて」

「分かった」

ドアに体当たりしたが、びくともしない。ぶつかる角度を変えたり助走をつけたりと何度も試みたが、ドアは微動だにしなかった。

「すぐ出したるから、ちょっと待っとき……どっかに鍵があるはずや」

部屋を見まわし、執務机まで駆け寄ると書類入れや引き出しの中を探す。

よかった。来てくれたんや……。

梅子は、胸を躍らせて俊太郎の助けを待った。

しばらくドアに体当たりする音と振動が激しく響いたが、今はドアの鍵を探しているらしい。隣の事務所から、かすかに人が歩きまわる音がしていた。

梅子も、なにか手だてはないかとあらためて室内を見まわす。と、そのとき——目のすぐ前に黒い影をみとめて焦点を合わせた。

「ひっ！」

優に人差し指ほどもある蜘蛛《くも》だった。天井から糸をひいてつつーっと近づいてくる。

この世のものとは思えない光景に、梅子は目をむいて絶叫した。

「いややぁ〜ッ!!」

すぐに外側から俊太郎の声がした。

「梅子ちゃん、どないしたんや!?　梅子ちゃん!!」

縛られたままの身体をよじり、いすごと必死にあとずさろうとする。

「俊太郎さん！　早よ開けて‼」

「なんかあったんか？　どないしたんや⁉」

俊太郎も気づかわしげに叫ぶが、ドアはいっこうに開く様子がない。

「蜘蛛は苦手やっ‼　もうあかん‼」

梅子の金切り声に、俊太郎は動転した。

「蜘蛛⁉　もうすぐや、もうすぐ開けたるからな‼」

ドアごしに叫んで、あらためて開錠道具を求め振り返る。と、目の前にあの大男が立っていた。

見張りがいたんか⁉　驚いて出入口を見ると、便所のドアが開いていた。大男は用足しをしていただけらしい。

「なんや、おまえ！」

大男の大きな手が俊太郎に伸びる。

泡をくって部屋のすみへ逃げると、大男はのっしのっしと俊太郎に迫った。事務机を二つ、三ついっぺんに押しのけるさまは、さながら巨大な壁が迫ってくるようだ。

突進してくる男を辛《から》くもかわし、思いきって体当たりを試みる。まったく効きめがない。逆に腕をつかまれて振りまわされた。俊太郎は宙を飛び、床にうっちゃられる。

すばやく起きあがった俊太郎は大男のふところにもぐりこみ、今度は三所攻《みところぜ》めを試みる。だが軽量級の哀しさ、そのままかかえあげられ壁まで投げ飛ばされた。

「ぎゃあああ〜っ‼」

そこへ肝をつぶしたような梅子の悲鳴と、なにかが倒れる大きな音が聞こえた。一瞬気をとられ、そのすきに大男の両腕が俊太郎をとらえる。男は満身の力で羽交《はが》い締めをかけてきた。

身体じゅうの骨がぎしぎしと音をたてる。今にも骨がくだけ、意識が飛びそうになったそのとき、突然男の腕から力が抜けた。そして次の瞬間、まるで山が崩れ落ちるように、大男はその場に昏倒《こんとう》した。

な、なんや⁉

大男の下から抜けだしながら呆然と見あげると、そこには机の上に立つ女がいた。梅子とかけ合いをしたときに迫ってきた、橘の一人娘だ。たしか琴江といったか。

重い金属製の灰皿を握って仁王立ちしている。

「うちの連中って血の気が多くて困るわ」

こともなげに言うと俊太郎にほほ笑んでみせる。

「あ、ありがとうございます」

琴江はそのまま机の上に座ると、俊太郎に向かって鍵をかざしてみせた。俊太郎は反射的に立ちあがり近づこうとする。

「どうも、ありが――」

「ストップ!!」

鼻先に手のひらを突きだされ、俊太郎の動きが止まった。

「ねえ、取引しない?」

「取引?」

琴江はにっこりとほほ笑んで言った。

「そう。あの女を逃がしてあげる。その代わり、あなたにはうちの専属になってもらう」

梅子はいすごと倒れ、もがいていた。

隣の事務所では、俊太郎と女の声がかすかに聞こえてくる……女はたぶん琴江だ。

「なにしてんのや!　早よ出してぇな!!」

――反応はない。

そのとき、ドアの向かい側の壁から突然、壮大な音楽が響いて梅子は動きを止めた。聞き覚えのある声がした。

〈行くあてもなく、悄然《しょうぜん》と座りこむ二人であった。明日をも知れぬわが身を思い、悲嘆に暮れる夏江《なつえ》。四郎《しろう》は震える夏江の肩を優しく抱き寄せた〉

茂木の十八番《おはこ》のひとつ、『道のり』という写真のようである。してみると壁の向こうはタチバナ館の劇場なのだろう。

梅子はくちびるを噛《か》んだ。愛人を人身御供《ひとみごくう》に差しだしておいて、自分は新しい劇場ですっかりスター気取りだ……。

〈「さあ、もう一度立ちあがろう。僕がついているから……だから、もうけっして死にたいなんて言ってはいけないよ。笑ってごらん。明日はきっといいことが待っているさ」

「ええ、そうね……私、もう泣かないわ……」〉

得意の流し目が目に浮かぶようだった。

琴江は、俊太郎にねっとりとした視線を送って言う。

「——あなたを主任弁士として迎えるつもりよ。どう、悪くない取引でしょ？」

われながら、まったく食指が動かないのが不思議だった。俊太郎はかぶりを振る。

「手荒なまねはしたくないです。鍵をわたしてください」

琴江は顔色を変え、短く息をつくと片眉を上げてみせた。

「あら……分かってないのね。このことが父に知れたら殺されるわよ」

「どうなろうとかまいません。松子さんさえ、無事やったら」

俊太郎は目に力を入れ、まっすぐに見つめ返した。

一瞬ぽかんとした琴江は、突然いまいましげに俊太郎をにらむと、やがてあきらめたように肩を落とした。心配になった俊太郎が身をかがめてのぞきこもうとすると、急に頭を起こしてまっすぐに俊太郎を見つめる。

「なるほどね……とても参考になったわ」

優雅に、昂然《こうぜん》と言うと、俊太郎に鍵を差し出す。

なんや知らんが、納得してくれたみたいや……。

ほっとして手を伸ばすと——琴江はその手を引き寄せていきなり俊太郎に濃厚なキスをした。

突きとばすわけにもいかず、俊太郎はただ目を白黒させた。

やがて、琴江はため息とともにくちびるを離した。俊太郎の手の中に鍵を残したまま、ゆっくりとあとずさる。

「じゃあ、ね」

背中ごしにウインクを送ると、琴江は事務所から出ていった。

しばし呆然としていた俊太郎は、はっとわれに返ってドアに駆け寄った。

「梅子ちゃん、今開けるからな！」

ドアノブに取りついたところで猛獣のような荒い息に気づき、恐るおそる振り向いた。昏倒していたはずの大男が立ちあがっていた。血が凍った。

「このクソガキ、殺したる！」

怒りくるった大男は猛然と突進してきた。

つっぱりの構えで俊太郎めがけて突撃する元力士。ぐんぐん大きくなるその手のひらを凝視しながら、俊太郎は紙一重の差で身をよじった。渾身《こんしん》のつっぱりは物置のドアをぶちかまし、大男はそのままドアを突き破って物置に突っこんでいった――。

ものすごい音がしてドアが割れ、大男が飛びこんできたかと思うと梅子のすぐ横を駆けぬけた。そのまま大男は奥の壁に激突し、壁とスクリーンを破って隣の劇場に突進、オーケストラボックスにつっこんで動かなくなった。

劇場から多くの悲鳴があがり、梅子は倒れたまま呆然として周囲を見まわした。

壁に大きな穴があき、茂木が目も口もぽっかりと開いて腰を抜かしているのが見えた。

いったいなにが起こったんや……。

そこに俊太郎が駆け寄ってきた。

「梅子ちゃん‼」

「俊太郎さん！」

ようやく縄を解《ほど》いてもらう。梅子は安堵《あんど》の笑顔を俊太郎に向け……そのまま思いっきりひっぱたいた。

「なにすんのや！　助けにきたのに」

ほおに手をあて、俊太郎が叫ぶ。

「あんた、なにしてたんや？」

梅子は俊太郎の口もとを指さした。くちびるとその周りが真っ赤に染まっている。

あわてて口もとをぬぐった俊太郎が、手についた紅《べに》を見ておののく。

「血や……」

「あほ！　口紅や」

「あっ……」

俊太郎はあわてて弁解を始めた。

「こ、これは違うんや！」

「あれもこれもないわ。男はみんな一緒や!!」

うちが閉じこめられてるゆうのに、その隣で……琴江なんかと!!　しょせん茂木と同じ、ただの男なんや。

恨みごとのひとつも言おうと頭を上げ、そこで梅子は異様な気配に気づいた。

おずおずと横を向くと、ぽっかりあいた穴から満場の観客があっけにとられて二人を見ていた。視線が、痛い。

「行こ！」

梅子はあわてて立ちあがり、俊太郎の手を取って事務所の出口へ急いだ。


徳田は夢とうつつを行ったり来たりしていた。

料亭で大モテしたあと、妓《おんな》たちをふりきって帰路についたのは真夜中すぎのこと。裏路地のゴミ置き場が妙に暖かそうに、ふかふかに見えたところまでは覚えている。

これだけは離したらあかん、と、トランクを枕にした。

夢のなかで徳田は仲間の水兵から胴上げされていた。その軽い衝撃にふと目をさましかけると……周囲はゴミだ。ゴミ置き場で眠っている自分を、徳田はつかのま認識した。

おお、ちゃんと家に帰らな……。

すると、どこからか車輪の音がする。

目の前に車輪があって、目を上げるとくず拾いが引くリヤカーだった。ゴミ置き場から、まだ使えるものを回収して売る稼業である。

「——どっち——くずか分からん——」

くず拾いのつぶやきが、きれぎれに聞こえてくると、やがて車輪の音が遠ざかる。

静けさを取りもどしたゴミ置き場で、徳田はまた幸せな夢にふけった。

――何時間経っただろうか。徳田は喉のかわきで目がさめた。

まだ夢見心地のまま頭の下をさぐり、あれ？と思う。次にあたり一帯をせわしなく探ってみて、なにか大事なものが〃ない〃と感じる。

「ない、ない……」

薄皮をはぐように意識が鮮明になってくると、徳田は青ざめた。

トランクが見あたらない。あせってゴミの山を掘り起こしたが、トランクはかき消えていた。

「ない～っ!!」

徳田は絶望して泣き声をあげた。


梅子は俊太郎と息をはずませ、運河ぞいの道を走っていた。このまま駅に向かい、どこか遠くへ逃げるつもりだった。

左手に橋が見えてきた。橋の手前を右に折れれば、タチバナ館のある大通りを経由せずに駅へ行ける。橋をわたると青木館のある旧市街地だ。

その橋の手前で突然俊太郎が立ち止まったから、梅子は驚いた。

「なにしてるん!?　早よ逃げな！」

俊太郎は眉尻を下げてほほ笑んだ。

「……ちょっと、駅で待っててほしいんや。これから青木館へもどらなあかん」

あぜんとする梅子の目をのぞきこむように、俊太郎は身をかがめた。

「用がすんだらすぐに駆けつける。せやから待っててほしいんや。頼む」

十年前と同じだった……。

大銀杏《おおいちょう》の下で、あのときも俊太郎は「すぐもどってくる。ちょっと待っとき」と言った。初めてかわした大事な約束だったから、梅子は日が暮れて、真っ暗になっても少年を待っていた。それなのに――。

梅子はこくりと唾をのみこんだ。

「ほんまに来るんやな？」

じっと俊太郎の顔を見る。

「……もう待ちぼうけはいやや」

涙がこぼれてしまわないよう、必死で目を見ひらく。

「ほんまや」

俊太郎はまっすぐに梅子を見ていた。

「……あんなぁ、俊太郎さん」

「なに？」

「ジゴマ、聞きたいねん。あのときの続き……うち、まだ聞かしてもろてない」

「なんやこんなときに。ほんならあとで聞かしたるわ」

俊太郎はそう言って優しくほほ笑んだ。いつわりの笑顔には見えなかった。

「……分かった、信じるわ」

勇気を出して口にすると、気持ちが軽くなった。

まだ口紅がついたままの俊太郎の顔がおかしくて、くすっと笑う。逃げる途中でぬぐった跡が、顔に妙な模様をつくっていたのだ。

「……まだついてる」

梅子は、ハンカチを俊太郎に差しだした。

「おおきに」

顔をぬぐってハンカチを返すと、俊太郎はあらためて梅子の顔をじっと見た。そして一瞬目をふせると、満面の笑みを残してそのまま橋をわたっていった。

——なんで、あんなに見るんやろ。

俊太郎の笑顔は、梅子に新たな胸騒ぎを残していった。

青木館の客席では、安田が橋の横に座ってことのなりゆきを見守っていた。

もう予定時間を半時間は過ぎているが、活動写真が始まる様子はない。騒ぎだす観客たちに、舞台から館主の青木が必死で呼びかけていた。

「すぐに始めますので、どうか、いましばらくお待ちください！」

館主は客に言い訳をしては裏に回り、汗だくで出てきては客に謝る、を何度も繰り返している。

「早よせんかい！」

「いつまで待たせんのや!!」

丸めたチラシと一緒に次々に飛んでくる野次に、館主はすっかり弱りきっているようだった。

安田は安堵して、隣の橘に進言した。

「このままおってもむだやと思いますが……」

橘は腕組みすると首をかしげた。

「もうしばらく様子を見ようやないか」

「はぁ……どうせハッタリに決まってますよ」

わしのことなんぞ信じてへんのやな……安田は苦々しく思った。

「国定のボケ、どこ行きよったんや……」

浜本はいらいらとつぶやいた。隣では弁士の内藤が懐手《ふところで》で客席を見おろしている。

満員の客が不満をつのらせるさまが手に取るように伝わってくる。楽士席では、三味線がぽつんと置いてあるだけの徳田の席を、桜島と古川がやきもきした顔で見ている。徳田も来ていないと、さっき楽屋で聞いたばかりだ。

「あのばかたれ、どっかで野垂れ死にしとるんやないっちゃろな……」

桜島はそう言ってそわそわと表を見にいっていた。

「あいつに、行くあてなんかないしな……」

古川も心配そうに立ったり座ったりしていた。なんだかんだ言ってこのじいさんたちは仲がいいのだ。

それにしても問題は国定がいないことである。山岡の話では朝、用事があると言って出ていったそうだが、上映時間を過ぎても姿を見せない。

「もう限界ですわなぁ……」

内藤が人ごとのようにつぶやくと、浜本のいらだちは爆発した。宙に向かって叫ぶ。

「国定ぁ！　おまえがつくった話やんけ‼」

フィルムは国定の考えた筋書きに合わせてつないでいる。浜本自身も、どんな話になるのかは知らなかった。すべては国定の頭の中にあるのだ。

「心配いらん。やつはもどってくる……」

斜め下から声がして振り返ると、奥の机で山岡が酒瓶を抱いていた。いつものようにしたたかに酔っている。定位置の楽屋にいないのは、青木がうろうろするので落ち着かないのだろう。

と、思っているところへ当の青木が入ってきた。

青木は山岡を探して映写室のドアを開けた。こうなったら山岡に登場してもらうしかなかった。

「もう待てねえよ。先生、お願いし――」

……言いかけて目をみはった。山岡はすっかり酔いが回った様子で、うつらうつらと船をこいでいた。いつものことではあるが、この状況ではさすがに信じられない。

「これだよ！　冗談じゃねぇよ、まったく！」

罵る声が裏返った。

「『なんのために俺たちがいると思ってる⁉』とかなんとか、言ってなかったか？　偉そうな口をたたきながら、やっぱりただの酔っ払いじゃねえか」

青木は歯ぎしりすると内藤に目をとめた。ひとり無関係をよそおって腰かけている。

「――え？」

青木の注視に気づいた内藤は、ほうけた顔で自分自身を指さした。

十分後——青木館の舞台では、内藤が必死の形相で説明を始めていた。

台本がなければ説明できない、と拒否し続ける内藤に対して、青木は「即興でしゃべれない三流の弁士なんかクビだ！」と脅して、ようやく舞台に蹴りだしたのだ。

青木は映写室から、祈る思いで弁士台を見つめた。

スクリーンには砂浜を歩く『金色夜叉』の貫一《かんいち》とお宮《みや》が映っている——。

〈……さてここは何処《いずこ》でありましょうか……〉

客に尻を向けながら内藤はスクリーンを凝視し、場面の手がかりを探している。

〈あっ！　熱海《あたみ》の海岸散歩する貫一、お宮の二人連れ——〉

なんの写真か分かり喜んで説明を始めた内藤にかぶせて、スクリーンでは『火車お千』の清十郎が振り返る——。

〈いや、ではなく清十郎。「せっしゃは……」〉

今度は『不如帰《ほととぎす》』の武男の顔に変わる——。

〈ではなく、「俺は武男だよ……」〉

と、今度は字幕が現れる。「You're a liar!」——。

〈「……この、嘘つきめ！」〉

すると『椿姫』のマルギュリットの顔に変わる——。

「お、洋画も入るのか……」

思わず地声でつぶやいた内藤は、もう汗で顔をしとどにぬらしている。

『不如帰』の浪子が思いつめたように振り返る——。

〈「わ……私の病は嘘ではないわ……」〉

その言葉が終わらぬうちに、貫一がお宮を突きとばす——。

〈「ふんっ、嘘つきのくせして！　お、俺を捨てて、さては金に目がくらんだな！」

「だって、貫一さんはお金がないんですもの……」〉

『ノートルダムのせむし男』のカジモドが鐘を鳴らす——。

「いや……そのカネじゃないって。ひっこんでろよ！」

またマルギュリットに変わる——。

〈「女の心は、宝石でしか買えないものよ」〉

お宮が貫一にすがりつく——。

〈「貫一さん！……お願い、もうやめて！」

泣いて叫んで、去りゆく人の黒き影……〉

今度は、国定忠治が現れた——。

〈と、そこに、再び清十郎……じゃなくて、これは……国定忠治⁉

「……その喧嘩《けんか》、あっしが預かった！」〉

と、またカジモドの顔になる——。

「もう……だから、おまえはひっこんでろって！」

内藤はとめどなく流れる汗に顔をてからせ、どんどん着物を脱ぎだしていく。

弁士が熱くなる一方で、客席は冷えていた。最初こそあっけにとられた顔で眺めていた観客たちも、しだいに不満をもらしはじめる。

「ここで国定忠治か……こりゃ無理があるなぁ」

「そないな問題か！　ぜんぜん筋になっとらんやないか」

「おい弁士！　この話、どうオチをつけるんや」

完全に度を失っている内藤は観客の野次など耳に入らず、ただやみくもに語るばかりである。

青木は目をおおった。

今度こそ本当に終わりだ……。

〈「赤城の山も今夜を限り……生まれ故郷の国定の村や、縄張りを捨て国を捨て――」〉

すると字幕「I love you」――。

〈「I love you……突然ですが、あっしはあんたを愛してる」……らしい〉

長屋のおかみさんが出てきて、お歯黒の口でにたあっと笑う――。

〈「……勘弁しとくれ、あたしゃ亭主もちだよ……」〉

安田がうすら笑いを浮かべて弁士の狼狽《ろうばい》ぶりを見物していると、橘がひじでつついてきた。ようやく安心したように、笑みを浮かべている。

「案ずることもなかったな……安田、ほな、やれ」

「へい」

安田は立ちあがると、すべての客に聞こえるように大声を張りあげる。

「おい、どうなってんのや！　こんなんで金とる気か⁉　金、返さんかい‼」

安田にあおられ、周りの客たちもいっせいに騒ぎだした。

「そうや、金返せ！」

「おもろないぞ‼」

「木戸銭泥棒！」

安田はふくみ笑いをしながら野次が大きくなるのを待つと、橘に黙礼して席を離れた。

袖でおろおろしていた館主の女房は、裏廊下を歩いてきた安田を見て目をむいた。

「ちょっとあんた！　ここは立ち入り禁止だよ！」

「やかましい！」

がぶり寄ってくるのを腕一本でなぎはらう。しりもちをついてわめく女には目もくれず、安田は配電盤のスイッチを入れた。

場内がふいに明るくなって、青木にとって悪夢のような光景が広がった。

ふんどし一丁でしたたる汗をぬぐいながら説明していた内藤の、白い巨体が弁士席にあった。一瞬なにが起きたのか分からず、ぽかんとした顔で内藤があたりを見まわすと、観客たちも皆、言葉を失い舞台に注目する。

すると、何者かが袖の幕ごしに、立ちつくす内藤の尻を蹴りあげた。

「あっ……！」

足もとに着物をまとわりつかせた内藤は、裸のまま舞台中央までふっとんだ。凍りついていた観客は、これをきっかけに大爆笑した。

「し、失礼ッ!!」

内藤は裸を隠しながら必死で舞台袖に逃げこもうとするが、あせっているのだろう、足をもつれさせて派手に転んだ。

青木は助けを求めて場内に目を走らせた。

袖の幕が揺れて、男が現れるのが見えた。男は内藤の大きな尻を満足げに見送ると、花道を通ってゆうゆうと客席にもどった。ヤクザ者を笑顔で迎えた客席の男を見て、青木は声を失った。あの橘重蔵が来ている。やはりこれまでの災難はすべて、橘のいやがらせだったのだ。

「あの野郎！　なんてことしやがんだ!!」

映写室で青木は逆上した。

観客の笑い声は、青木館の前に悄然と立ちつくす徳田の耳にも届いた。

ええなあ……ウケとる。もう、わしなんかいらんのやなあ……。

また涙が出そうになってぶるぶると頭を振ると、通りの角から国定が走ってくるのが見えた。とたんに、取り返しのつかない思いに徳田は押しつぶされそうになる。

「あああぁ……国定！」

徳田は、ぎょっとしたように立ち止まった国定の胸に顔をうずめ、泣きわめいた。

「国定！　……すまん。わしがあほやった……許してくれ……」

「どないしたんですか、いったい……」

とまどい顔で立ちつくす国定の目をのぞきこみ、まったく自分を疑っていないことをさとると、良心がまたうずいた。

「国定……わしな、わし……」

罪を告白しようとして見あげる。国定は驚愕《きょうがく》の表情を浮かべ、徳田の背後を見ていた。

なんだ？　と振り返って徳田も大声をあげる。

「あーっ！」

くず拾いのリヤカーが近づいていた。その荷台にはトランクが無造作に載っているではないか。

観客たちはぞろぞろと出口へ向かっていた。誰もがうんざり顔である。

空席が増えて白茶けた場内は、いかにも青木館の滅亡を予感させた。

「もうダメだ……」

青木は頭をかかえてしゃがみこんだ。

「だから、最初からこんなの無理だって言ったんだよ！　ただくずフィルムつないだって、写真になんかなりっこねえのに……ちくしょう！……もう全部おしまいだ……」

怨嗟《えんさ》、呪詛《じゅそ》、後悔――あらゆる負の感情がとめどなく言葉となってあふれる。豊子にやかましく言われる以上に、自分は青木館を大切に思っていたのだと青木は痛感した。涙が止まらない。

「あぁ、うるさい……」

地をはうような声がして、青木は頭を上げた。山岡が半身を起こしてがりがりと頭をかき、言った。

「あきらめるな。俺が出る」

ふらりと立ちあがろうとする山岡に手を貸すべきか、やめろと忠告すべきか、青木が迷ったその瞬間、客席の明かりが消えた。

え？　青木と山岡、浜本の三人はのぞき窓に駆け寄った。

「お待ちなせい〜!!」

幕のうしろから朗々と声がして、帰りかけた客がいっせいに舞台を振り返った。

フロックコート姿の国定が袖から現れ、ゆうゆうと弁士台につく。

〈おまえ正宗《まさむね》、わしゃ錆《さ》び刀。おまえ切ろうと、わしゃ切れぬ。恋とはかくも成り難《がた》きもの……〉

国定天聲の登場に、観客たちはワッと歓声をあげるとあわてて席にもどっていく。橘も苦い顔で再び席に座るのが見えた。青木の涙はひっこんだ。

「やっと帰ってきやがった！　浜本、フィルムを巻きもどすぞ!!」

全身に活力がみなぎる。青木は浜本をせかして、装塡《そうてん》されているフィルムをはずし、頭出しするために急いで巻きなおした。

〈……たとえお日様が東から昇らぬ日はあれど、男女の恋なき日などはけっして来ないのが人の心、世の道理。皆様を、お待たせをばいたしました申し訳に、国定天聲の説明はいつにも増しての大車輪。されば、絶大なる拍手ご喝采《かっさい》のうちにご高覧のほど、お願い申しあげます！〉

「いよっ、待ってました」

「いい声頼むで！」

見えた。

「たっぷり！」

フィルム装填を終えて青木がわくわくと見おろしていると、楽士席に走りこむ徳田が見えた。

徳田は息を切らしながら定位置に正座した。古川と桜島は目を丸くしている。

「遅い！　このバカタレが」

桜島があきれ顔で責めた。その表情さえ懐かしい。徳田は涙目で仲間たちを見やると、
三味線にほおずりした。

「やっぱりここがいちばんええわぁ……」

しみじみとつぶやく。

「むだ口はいらん。始めるぞ！」

古川の声で三人は顔を見合わせ、にやりと笑うと演奏を始めた。

浜本は映写機のクランクを回しながら舞台を注視した。

さあ、国定。おまえの全力を見せてくれるんやろ？

再び、つぎはぎの活動写真が始まった――。

〈人目をしのびてそぞろ歩く男と女の二人連れ。

「せっしゃには、そなたが必要だ」

「それは本当なの？」

「ああ、本当だとも」〉

　字幕が入る。「You're a liar!」――。

〈「それが真実ならもう一度おっしゃって」

「なんどでも言ってやらあ。俺の女になりやがれ！」〉

　国定が次々に変わる登場人物になりきって台詞《せりふ》をつないでいくと、観客たちはスクリーンに釘づけになった。内藤のときとはえらい違いである。

〈「あなたは誰？　そんな乱暴な言葉、信じられない」

「なに⁉　僕の言うことが信用できないのか！」

「だってあなた、顔がころころ変わるんだもの」

「あんたもだろ。人間てのは――」

「哀しい生きものなの。もう私たちこれっきりにしましょう……」

「なんだと、この売女《ばいた》！」〉

　突きとばされたお宮が貫一にすがりつく――。

〈あわれ女は、悲痛な顔で男を見あげれば、そのとき疾風《はやて》のごとく現れたのは――。

「娘さん、騙《だま》されちゃあいけねえ、そいつは、悪い男だ！　やい悪党、地獄で閻魔《えんま》の裁きを受けるがいいや!!」

「何者だ！」

「赤城の山も今夜を限り……」〉

いつのまにか、浜本もすっかりのめりこんでいた。国定はまさに〝七色の声〟を駆使して、目まぐるしく変わる写真を説明していく。ばらばらの写真だが、不実な男と一緒にいるヒロインの前に新しい男が現れる、という筋書きはよく分かる。

武家娘の姿をした松子が振り返る――。

〈「あら、国定忠治……なんや、頼りない忠治やな」

「あんたのためなら義理も人情も捨てる覚悟。さあ、あっしと一緒に逃げやしょう」

「よう言うわ。どうせ、男はみんな一緒や！」〉

すると字幕「I love you」――。

〈「あいにくとあっしは、気のきいた言葉はもちあわせちゃぁおりませんが、思う気持ちは真《まこと》でござんす」

「まったく野暮な男だねえ」〉

長屋のおかみさんがあきれたように笑う――。

「まったく、むちゃくちゃやりやがって……」

背後からつぶやく声がした。スクリーンに見いっていた浜本が目をやると、山岡がにやりと笑ってみせた。隣で青木が満面の笑みを浮かべている。

「ああもう！　分からんちんやなあ！」

梅子は地団駄《じだんだ》を踏んだ。

「それで、どこまで行かれますんや？」

窓口の駅員が困った顔でまた聞いてくる。

「だから、どこでもいいの。とにかく二枚ちょうだい！」

「いや、どこでもいい、言われても……」

「早ようして！」

強く言うと駅員はしばらくためらい、目をつぶってつかんだ切符を差しだした。

料金を払って切符を受けとると、梅子はしばらく駅舎から外を眺めた。俊太郎の姿は見えない。しかたなくホームへ向かった。

来てくれるわな。約束したもんな……。

青木館では国定天聲ならぬ染谷俊太郎の説明が続いている。安田は舞台に血走った目を向け、俊太郎の説明をいらいらと聞いていた。

『不如帰』の浪子が悲しげに武男を見る――。

〈「人間はなぜ死ぬのでしょう……」〉

『椿姫』のアルマンが優しくほほ笑む――。

〈「急になにを言いだすんだい？　そりゃあ――」〉

『火車お千』の又兵衛が憎々しげな顔で答える――。

〈「あとがつかえているからだろうよ」〉

長屋のおかみが毒づく――。

〈「だから野暮《やぼ》な男なんだよ、あんたって人は。だって、あたしゃぁ……」〉

浪子にもどる――。

〈「生きたいの、千年も万年も……」〉

『南方のロマンス』のオーレスがカロリンを優しく抱きしめる――。

〈「まるで鶴と亀のようだね。愛しい人、僕と二人で共白髪まで――」〉

腰の曲がったカジモドが言う――。

〈「腰が曲がるまで添いとげるとしようか」〉

捕《と》り方《かた》たちが清十郎を、そして、お千を追いつめる――。

〈いつのまにやら無数の追手《おって》が二人に迫る〉

〈御用、御用だ！　十手《じって》、取り縄、呼子《よぶこ》の波に、追われ追われて熱海の海岸。惚《ほ》れてくれるな暗闇渡世、しょせんおいらはお尋ね者。それを承知でなおさら惚れた、女心のい

じらしさ〉

又兵衛がすごんだ顔でにらむ――。

〈「逃げようとて、そうはまいらぬっ！」〉

国定忠治が刀をかかげる――。

〈「しつけいやつらだ。鬼ごっこはもうおしめえよ」〉

ざわめきがして振り向くと、茂木が橘興業の手下たちをひきつれて、安田たちの席にやってくるところだった。

近くまで来て軽く頭を下げた茂木に、安田は尋ねた。

「どないした？」

「どうもこうも……スクリーンをあの大男が壊しやがって。今日はもう上映中止さ」

……にしても、そう大勢の若い衆を連れてくる必要はあるまい、あほが。

「あんた、なにかやったのかい？　タチバナ館の前であんたの似顔絵をもってうろうろしている刑事《デカ》がいたぜ」

「刑事が⁉」

「俺は知らないって言ったがね」

こざかしく笑う茂木に殺意が湧いた。

安田の怒りを察したのか、茂木は上体を傾けて橘にも聞こえるよう弁解した。

「人数を連れてきたのは、今度こそ国定にとどめを刺すことになると思ってね」

「……どういうことだ」

橘が不愉快そうに会話に加わった。茂木が弁士席の俊太郎を指さす。

「国定の野郎が松子を逃がしやがったんだ。劇場を壊させたのもあいつだ」

「なんやと⁉」

橘が声をあげて立ちあがった。安田もすかさず続く。

「社長‼」

目で弁士席を示すと、橘は憤怒《ふんぬ》の表情でうなずいた。

「おう。殺《や》れ！　存分にやったれ‼」

橘はもうまだるっこしい手段は捨て、直接、青木館を破壊する覚悟を決めたとみえる。

安田は拳銃を抜くと花道に上がった。


大団円に向けて、俊太郎の意識はひたすらスクリーンに集中していた。

〈「どこへ逃げようっていうんだい？」〉

児雷也《じらいや》に扮した松之助に女形《おやま》の姫が尋ねた――。

〈「ご案じなさるな。これなるは、伴天連《バテレン》より伝わりし空飛ぶ絨毯《じゆうたん》にござりまする」〉

児雷也と姫はそのまま空高く飛びあがり、追手から逃れる――。

〈はたして二人は中天高く舞いあがる。熱き心は海山越えて、二度と会われぬ人々を隔つ想いをひとつに結び、明日の空へと去っていく――！〉

児雷也と女形はいつのまにか、絨毯に乗って空を飛ぶ『バグダッドの盗賊』の王子と姫の姿に変わっている――。

〈ああ春や春。春、爛漫《らんまん》のローマンス……〉

やっと訪れた幸せに抱擁《ほうよう》する王子と姫の姿に、「Ｆｉｎ」の文字が重なった――。

万雷《ばんらい》の拍手のなかで、俊太郎は胸を張った。

悪い追手たちから逃げおおせ、互いに腰が曲がるまで添いとげる……つぎはぎ写真は、そんな俊太郎の願いをこめた作品になった。

膨大な浜本コレクションからいろんな映画をつないだ、まさに豪華共演だった。

「いよっ！　日本一!!」

「国定!!」

総立ちの観客による拍手は、なかなか鳴りやまない。安田は舌打ちをして花道で立ち止まった。暗闇のなかで俊太郎に向け拳銃を構える。この喧騒《けんそう》を利用するつもりだった。と、急に場内が明るくなった。あわてて袖の奥に目をやると、先ほど突きとばした館主の女房がひきつった顔でこちらを見ていた。あの女が電気をつけたに違いない。

「うおおーっ‼」

「きゃあっ‼」

歓声が悲鳴に変わる。安田は一瞬たじろいだ。しかしもうあとには引けない。観客にかまわず俊太郎に再び銃を向けた。

俊太郎は蛇ににらまれた蛙《かえる》のように、銃を前に固まっている。安田は指に力をこめようとした。

場内を圧する大音声《だいおんじょう》が聞こえたのはそのときだ。

「静まれ、警察だ‼」

突然の怒号に場内はいっせいに静まりかえった。

「銃を捨てて、おとなしく手を上げろ！」

「早くしろ‼」

次々に命令が発せられ、場内に響きわたる。安田の頭が真っ白になった。

なんや⁉　なんで知らんまにポリ公に囲まれとるんや……⁉

「くそっ！」

銃を足もとに置いて両手を上げる。

「そのままじっとしてろ！　動けば容赦《ようしゃ》なく射殺する！」

俊太郎は声の主を探して、目を左右に走らせた。小屋の反響を利用して複数の方向から聞こえてくるが、声の出元は一カ所のように思える。

二階のほうを見やる。そこには、映写室の脇で身をかがめている山岡の姿があった。客席からは見えないよう、しゃがみこんだまま断続的に大声を出している。

……すごい……。これこそ七色の声や！

こんなときなのに、俊太郎は山岡の技術に舌を巻いた。

安田を動けなくしてしまうほどの大音量なのに、それぞれ別人の声に聞こえる。

「百数える。その前に手を下ろしたら、容赦なく撃つ！」

すくみあがる観客たちからただひとり、抜け出る男がいた。橘だ。俊太郎の動きから山岡の存在に気づいたのに違いない。橘は怒りもあらわに、安田に向かって叫んだ。

「安田っ、その声は山岡や！　警察やあらへん!!」

「なんだ、バレちまったか……」

山岡はあっさり認めると、立ちあがって照れたように頭をかいた。

「クソったれ!!」

安田は銃を拾って俊太郎に向け撃った。弾は上にそれ、弁士台の蛍光灯をはじきとばした。女の客がかん高い悲鳴をあげる。

ガラスの割れる音がして、俊太郎の身体がやっと動くようになった。あわてて舞台の奥へ逃げだす。

「みんな逃げろ!!」

山岡の声に、観客たちはいっせいに出口へ殺到した。とばっちりを避けるように、橘も観客をかき分けて逃げていく。安田に加勢するため橘の手下たちは逆に舞台へ向かっていたので、客席は大勢の人間がもみあいわめきあう修羅場《しゅらば》になった。

俊太郎は舞台を横切って裏に逃げようと駆けたが、その目の前に手下が立ちはだかった。やむなく舞台から客席へ飛びおりる。そこを狙って安田が二発目を放つ。

弾は楽士席の柱に当たって轟音《ごうおん》をたてた。

「わひゃ〜っ!!」

楽士たちがおおあわてで逃げだした。

と、そこに――。

「静まれ、警察だ!!」

新たな怒声が出入口あたりから聞こえた。

見ると、木村が一人で場内へ突入しようとしている。しかし一刻も早く小屋を出ようとする客たちは、寄ってたかって木村をもみくちゃにした。

「おい、こら！　みんな静まれ!!」

「おまえがうるさい!!」

安田が、木村に向けて発砲した。俊太郎は息をのんだ。正気のさたとは思えない。

安田がとっさに撃った弾は、木村の頭のかなり上、飾り提灯《ちょうちん》に当たった。

「なんで⁉」

安田は愕然《がくぜん》として手の中の拳銃を見る。

さっきから弾が一発も命中していないのだ。ひょっとしてバッタもんをつかまされたのか……田舎のチンピラから安く買いたたいたことを、その瞬間、安田は後悔した。

刑事は雑踏を抜けだすと、身を縮めて固まっている俊太郎にじりじりと近づきながら、顔だけを安田に向けて叫んだ。

「おまえ、安田やなっ！　銃を捨てろ‼」

木村も銃を構えた。そして俊太郎をちらりと見ると、

「先生、今のうちに早よ！」

とあごをしゃくった。

「あほかっ！　そいつはにせ弁士や！」

「なんやて⁉」

刑事は虚をつかれたような顔をして、俊太郎をまじまじと見る。俊太郎は刑事から顔をそむけると、脱兎《だっと》のごとく舞台へ向かって走った。

安田は銃を撃つ。しかし例によってはずれた。

舌打ちして振り返ると、木村と橘の手下たちが大乱闘になっていた。俊太郎に気をとられたところを背後から襲いかかったのだ。安田はすばやく俊太郎を追った。

梅子は駅のホームにたたずんで、ぼんやりと空を眺めていた。どこまでも澄みきった青空は、大銀杏の下から眺めたあの日の空に似ていた。

またこのまんま、ずーっと眺めてるんやろか……。

あれから十年経った。もう自分は、日が暮れるまで待ったりはしないだろうと思った。きっとその前にあきらめる。十年の間にいろんなことをあきらめてきたのだ。

茂木に誘われて、この町に来たのが初夏のこと。今は年も押しつまって、なのに、これからどこへ行くあてもない。また〝ふりだしにもどる〟だった……。

「沢井松子さんだね？」

急に声をかけられて、梅子は飛びあがりそうになった。

振り返ると、若い男が笑みを浮かべて立っていた。背広姿に旅行鞄を持っている。

「僕は監督をやっている二川という者だ。どうだろう、急な話だが、僕の次回作に出ないか？」

梅子は耳を疑い、立ちつくした。

「よかったら、このまま一緒に京都へ行かないか?」

二川は、鞄から一冊の台本を取り出した。

「阪東妻三郎《ばんどうつまさぶろう》って役者、知ってるね? これから『無頼漢《ならずもの》』という写真を撮るんだが、これがなかなかいい脚本《ほん》でね。きっと彼の代表作になると思うんだ。どうだい、一緒にやってみないか?」

差し出された台本の表紙には大きく「阪東妻三郎プロダクション　無頼漢」と書かれていた。どうやら本当の話のようだ。

「せやけど、うち……もう、役者は」

おずおずと答える。あきらめる——のは得意だ。

「国定君から、君のことを頼むと言われたよ……だが、頼まれたからじゃない。青木館の『火車お千』があっただろう? 国定くんとかけあいをした君を、すっかり見初《みそ》めてしまったんだ」

混乱する梅子を優しく包むように、二川はほほ笑みかけた。

「僕は君と仕事をしたい。本心からそう思ってる。どうだい?」

「……」

絶望と、ほのかな希望の間で梅子はとまどっていた。

二川に自分を託したからには、俊太郎は自分と逃げるつもりがない、そういうことだ。

いや、逃げられないと思っていたのかもしれない。いずれにせよ、自分は切り離された。涙がこぼれそうになり、梅子は二川から目をそらした。

災難から逃れた徳田たち楽士は、二階の物置小屋に隠れていた。

銃声が何度か聞こえた。恐ろしさに身をすくめていると、誰かが階段を駆けのぼる音がする。すきまからのぞいた。国定だ。

「待て！」

どなり声がした。どたどたと階段を上ってくるのは、あの拳銃を持ったヤクザ者だ。

「奴だ……」

古川がおびえた声でつぶやいた。桜島にいたっては部屋のすみで頭をかかえて震えている。徳田は戦う覚悟を固めた。

「おわぁっ！」

男の悲鳴と、ばきっという板が割れるような音が同時に聞こえた。国定はそのままフィルム倉庫に駆けこむ。すると奥の通路から、今度は茂木の声がした。

「国定はこっちだ、部屋に入ったぞ!!」

「茂木！　足が抜けへんのや。助けてくれ!!」

ヤクザ者が悲痛な声で叫んだ。

——天網恢恢《てんもうかいかい》疎《そ》にして漏らさず……。

徳田はほくそ笑んだ。かねて腐っていた階段の踊り場の床板、きゃつはそこを踏みぬいたのであろう。痛そうなうめき声が聞こえる。

「安田、なにやってんだ！」

茂木がヤクザ者に駆け寄る足音がする。

徳田は古川と目を見かわし、おもむろにうなずいた。

徳田と古川は部屋にあった大太鼓を二人がかりでかかえあげると、そっと引き戸を開けた。茂木はなにごとか文句を言いながら、安田と呼ばれた男の足を抜いてやろうとしている。二人は静かにその背後に近づいた。

大きくふりかぶって茂木の頭を大太鼓で一撃する。

「うごッ！」

皮を突き破り、茂木は太鼓をかぶったまま昏倒した。

「どや、お若いの！　バルチック艦隊をうち破ったわしを見くびると、痛い目にあうで!!」

「そうだ、年寄りを舐《な》めるな！」

安田を見るとまだがっちりと床板に嚙みつかれたままだったので、徳田と古川は調子にのって勝ち名乗りをあげた。形勢優利と察した桜島が顔を出す。

「また、でまかせば言《ゆ》うて……」

余裕でつっこみかけた桜島は、茂木のかぶりものを見て顔色を変えた。

「あっ、わしの太鼓⁉……なんちゅうことばすっとか‼」

「悪かったの。たまたま落ちてたんや……」

「置いとったたい！　弁償せれ‼」

「そんなこと言ってる場合か。逃げるぞ！」

徳田と古川、桜島はこそこそと物置部屋に逃げ帰った。ようやく脱出した安田が、フィルム部屋に駆けこむ足音がする。危ないところだった。

悔しがっているところをみると、国定は無事に逃げだしたのだろう。老楽士たちは声に出さず快哉《かいさい》を叫んだ。

「クソったれが！」

浜本は映写室の内側につっかい棒をして、暴漢たちからこの小屋を守る方法はないものかとあせっていた。とりあえず投げ石の代わりになりそうなものを一隅に集め、戦況確認のため、のぞき窓に近づく。

場内ではまだ刑事と橘の手下たちによる乱闘が続いていた。

四方からかかってくる手下に、刑事はなにかを振り回して応戦する。よく見ると、誰かが落とした巾着《きんちゃく》をふたつつなげたものだ。遠心力を利用して敵に打撃を与えるこの武器が「ヌンチャク」であることを、このときの浜本は知らない。

ため息をついて舞台に目を転じる。

あっ、あんなとこにおった……！

国定がすっぽんからひょいと顔を出した。が、すぐ手下に見つかって舞台の上にひきずりだされてしまう。国定はなぜかフィルム缶をしっかり抱いている。

手下は国定の後頭部をつかむと馬乗りになって首を絞めにかかった。

どうする⁉　なんか投げるか？　当たるやろうか……。

浜本が逡巡《しゅんじゅん》していると、突然、芝居道具の入った葛籠《つづら》が落下して手下を直撃した。青木が機転を利かせ、葛籠につながっていたロープを引いたらしい。舞台袖で、得意然とした顔で小躍りしている青木の姿があった。

葛籠が動いたあおりで、天井のへりに溜まっていた紙吹雪《かみふぶき》が気絶した手下の上にはらはらと舞った。

国定はあわててフィルム缶を拾いあげると、定式幕《じょうしきまく》をくるくると身体に巻きつけて隠れた。

「くく……」

乾いた笑い声に驚いて、浜本は窓から首を出し映写室の脇をのぞきこむ。

山岡が座りこんで、眼下で繰り広げられる大乱闘をぼんやりと眺めていた。

「まるで活動写真だな。この世に終わりがない限り、活動写真もなくならねえ……か」

らしくもない、うれしそうな声で言う。

「ますます、しらふじゃおれんな」

つぶやくと小瓶《スキットル》をいそいそと取り出し、中の酒をあおろうとする。

そこを鋭い銃撃音が襲い、山岡の手から小瓶が落ちた。浜本は悲鳴をあげた。

「山岡先生っ⁉」

ヤクザ者が下からにらみつけている。この騒ぎを始めた張本人だ。

山岡はのっそりと立ちあがるところだった。ケガはなさそうだ。床に落ちた小瓶を拾い上げると、きれいに穴があいていた。山岡は惜しそうに見ると下に向けてどなった。

「なんてことしやがる！　もったいねえじゃねえか‼」

怒られた男は一瞬きょとんとすると、叫び返した。

「おまえの身体のためじゃ、もう酒はやめとけ！」

「……それは違うやろ」

つっこみかけて浜本は、もしかしたらあの男も山岡秋聲のファンだったことがあるのかもしれないと思いなおした。

「やめろっ！　離せ‼」

刑事の大声が聞こえてわれに返る。客席では刑事が形勢不利となり、手下たちに押さえられていた。浜本は激怒した。

好き勝手しやがって……。

一隅に集めたラムネの空き瓶や空のフィルム缶をかかえると、浜本はのぞき窓から手当たりしだいに投げつけた。

「出ていけ、ぼけなすッ！　あほんだらっ!!　とっとと出ていかんかい、悪党が!!」

「クソったれ!!」

拳銃男のだみ声がして、銃声がした。と同時に浜本の背後にある薬品棚の瓶が轟音をあげて割れ、火を噴いた。

「うおっ！」

火はまたたくまにフィルムに燃え移り、映写室はあたり一面火の海と化した。

「火事やぞ!!」

客席の誰かが叫ぶ。山岡も場内に向かって叫んだ。

「みんな逃げろっ！　爆発するぞ!!」

浜本が新鮮な空気を求めてのぞき窓に顔をつっこむと、拳銃男が手下たちを連れて逃げていくのが見えた。室内を振り返り、腰にさした手ぬぐいを振って炎に立ち向かおうとしたが、真っ黒な煙が猛烈な勢いで部屋に満ち、息が苦しい。思わずうずくまった。

「浜本!!」

山岡の声がする。

「そっちはわしが――！　あんたはほかのみんな――」

遠くからきれぎれの声が聞こえたかと思うと、浜本の意識は遠のいていった。


火事やて⁉

俊太郎が定式幕から飛びだすと、すでに場内にも真っ黒な煙が充満しはじめていた。浜本を救出するため、映写室に飛びこむ木村の姿が見えた。

と、後方から安田の大声がした。

「染谷!!　そこにおったんか!!」

俊太郎はぎくりと固まった。場内のどこかに俊太郎が隠れていると踏み、安田は逃げたふりをしてもどって来たらしい。

俊太郎が振り返ったその瞬間、安田が憎しみに満ちた顔で発砲した。

弾は、俊太郎がかかえているフィルム缶に当たった。衝撃で思わず手を離す。フィルム缶は床を転がって物陰に消えた。

ああっ……！

探しにいく余裕はない。俊太郎は安田が缶に気をとられているすきに出口へ走った。

なにやら一階がますます騒がしくなった、と思ったら、また奥の通路を駆けてくる音がする。徳田たちは引き戸を少し開けて、廊下の様子をうかがった。

山岡が珍しく血相を変えて現れると、太鼓をかぶってのびている茂木を見つけて足を止めた。

「まったく、世話の焼ける野郎だ……」

ぶつぶつ言いながら太鼓をどけて茂木を抱き起こす。

山岡センセが人助けなんてなぁ……。

徳田が感心して見ていると、当の山岡と目が合った。

「なんだ、おまえら、そんなところに隠れてたのか。ちょっと手伝え！」

「へえ……」

山岡に言われ、全員で茂木をかつぎあげる。のろのろとした動きに山岡がいらだった声を出した。

「ぼやぼやしてると全員丸こげになるぞ！　映写室から火が出た」

「火っ⁉　火事ですか‼」

いつのまにかその場にいた内藤が叫ぶ。今まで二階のどこかに隠れていたらしい。

手分けして茂木をかつぐと、全員で階段を下りる。つーんと煙の臭いがした。炎は客席側から舞台のほうへ向かっているようだ。裏口から逃げようと一行は楽屋を通った。

楽屋のすみでは、豊子が位牌《いはい》を抱いてひとり号泣していた。

「こんなことになって、ご先祖に顔向けできやしないよ」

そこに青木が飛びこんできた。顔がすすで真っ黒だ。

「こんなとこにいたのか、探したぞ、豊子」

豊子は大きな身体を子どものようにいやいやと振って、涙にむせんだ。

「ほっといて……。あたしはこのまま青木館と一緒に死ぬつもりよ！」

「ばか言っちゃいけねえ。おまえが死んだら、俺ひとりでどうやって生きてったらいいんだよ。俺たちゃ、腰が曲がるまで一緒だろ？」

「……あんたぁ……」

見つめあう二人。

青木が手を差し出すと、豊子はその胸へすなおにわが身をあずけた。そのまま抱きかかえられる。

「よし、行くぞ！」

山岡が声をかけた。徳田や山岡たちは、全員で二人を待っていたのだ。

「すまねえ」

青木が豊子を支えながら裏口へと向かう。徳田はなんだかほっとして二人のあとに続いた。古川、桜島と目が合った。三人で苦笑いする。

「借ります、て、おまえ、そんな勝手な――」

俊太郎を追って大通りに出ると、大きな声が聞こえて安田は立ち止まった。

もはや背後の青木館は音をたてて燃えており、通りは野次馬でいっぱいになっていた。

よく見ると、向かいの乾物屋の亭主が表に出て、道の先のほうへなにごとか叫んでいる。そちらを向いて安田は目をみはった。半町ほど先を、俊太郎の乗った自転車が走り去るところだった。

「クソったれが、死ねっ!!」

銃を構えた。しかしその瞬間、頭になにか硬い、大きいものがぶつかり、安田はもんどりうって倒れた。大きな音をたて、その横に絵看板が落下する。

痛みのあまり転げまわる安田の近くで、乾物屋がつぶやいた。

「あかんて……その自転車修理中なのに……」

安田は頭をおさえながら、ふらふらと立ちあがった。

舐・め・や・が・ってぇー!!

「待て、染谷っ!!」

走りだしたところに、荷車を引いた自転車がやってきた。運転しているのは酒屋の半《はん》纏《てん》をはおった男だ。安田は躊躇《ちゅうちょ》なく半纏男に飛び蹴りをかまし、自転車にまたがった。乗っていた男は、うしろの荷車に転がり落ちた。

「なんや、あんた⁉」

「やかましい！」

のんびり荷車を切り離している余裕はない。安田は男を荷車に乗せたまま俊太郎のあとを追った。


地面にぶつかる全身の衝撃で浜本は目覚めた。

「……死んでんのか？」

「息はしてるみたいやで」

大勢の通行人がもの珍しそうにのぞきこんでいる。真っ黒な煙とともに熱風が流れてくる。背中にじゃりが刺さる……。

浜本はどうやら表通りまで運ばれて、道に投げだされたようだ。

ようやく薄目を開けると、脇にしゃがみこむ木村刑事の広い背中が見えた。木村は道の向こうに目をやり、なにかを確認すると、あわてて立ちあがった。

「この人をよろしゅう」

近所の者に浜本を託すと、刑事は往来に仁王立ちになった。ちょうどやってきた人力車を呼びとめる。

「警察や、あの自転車を追えっ！」

そのまま木村は人力車にとび乗った。

「はぁ⁉」

車夫はあぜんとしている。

「追え、言うたかて……」

「ええから早よ出さんか‼」

木村の剣幕に恐れをなし、車夫はしかたなく走りだした。

浜本は痛む頭をかばいながら、そっと半身を起こす。

国定が乗る自転車、拳銃男が乗る荷車つき自転車、刑事が乗った人力車。疾走する三台を通行人や物売りたちがあわてて避け、通りは大騒動となっていた——。


汽車がホームに停まり、真っ白な水蒸気を吐き出した。

梅子はうつむいていた。二川は黙って梅子の返事を待っている。

まだ、梅子は二川になんの言葉も返せずにいた。

一度は女優の夢にふんぎりをつけたはずだったが、俊太郎は二川を通じて「あきらめてはいけない」と伝えたのだと思った。そうして背中を押してくれるのは、約束を破った罪ほろぼしのつもりかもしれない。

　発車時刻を知らせるベルがホームに鳴りひびいた。短く息をつく。梅子はゆっくりと顔を上げて二川を見た。

　俊太郎がなにをしでかして安田に追われていたのか、なぜそれでも逃げようとしなかったのか、結局、梅子には分からずじまいだ。ただ、たったひとつ、俊太郎が自分を応援してくれている、そのことだけは伝わった。

　……もう、よろし。もう忘れたるわ……。

　二川は優しくうなずいて台本を差しだした。

　梅子は台本を受けとると、二川にうながされ汽車に乗った。


　市街地を抜けると道の周りは水田から畑へ、林へと移り変わり、坂の上り下りが激しくなってきた。

　前を走る俊太郎は一心不乱に自転車を立ちこぎしていた。一方の安田はふだんの不摂生がたたり、もう息が切れかけている。

　クソったれがクソったれがクソったれが……。

　安田の不謹慎な祈りが通じたようだ。突然、俊太郎の自転車のペダルが片方はずれて転がっていった。

俊太郎はあわてたように自転車を止めたが、すぐうしろに安田が迫っているのに気づくと、残ったペダルを力いっぱい踏んだ。もう一方の足は懸命に地面を蹴っている。安田も全力で自転車をこぐ。だが、いかんせんこちらは荷車に男を乗せていた。

「重たいんやっ！　いいかげん降りろ!!」

どすのきいた声を出したが、これだけ息があがっていると迫力に欠ける。

「あほ、わしの自転車やっ！　おまえが降りろ!!」

荷車の男は叫び返した。

このくそガキが、と振り向いて、予想以上に人力車が近づいているのを発見して安田は戦慄《せんりつ》した。

「おら、もっと精出せ！」

木村は人力車を引く車夫を居丈高《いたけだか》に叱責する。

「無理言わんといてください。これが精一杯や」

「急がな逮捕するぞ!!」

車夫は真に受けたらしく、突然雄叫《おたけ》びをあげ、やけっぱちで走りはじめた。

人力車はずぬけた速度で坂道をのぼり安田の自転車に並んだ。木村がすかさず安田の荷車にとび移った。ペダルがぐんと重くなる。

「安田っ！　もう逃げられへんぞ!!」

刑事が手を伸ばす。安田はつかまれてなるかと身体を倒す。

木村が飛び乗った衝撃で荷車と自転車をつなぐ金具がぶち切れた。

荷車は木村と半纏男を乗せたまま、派手にうしろへひっくり返った。

「ざまぁ見い!!」

安田は木村に捨て台詞を投げると、荷車を置いて走りさった。


坂道をのぼりきって、田んぼをのぞむ下り坂にさしかかった俊太郎は、でこぼこの地面を蹴って自転車を走らせた。

前方に橋があり、田んぼのむこうに線路が走っていた。このまま道なりに進めば梅子の待つ駅に着くはずだ。

すっぽかしたことを怒っているだろうか。無事に二川と会えただろうか。

遠くで汽笛が聞こえた。

万が一、安田や刑事をふりきって駅に着けたなら、自分は梅子と汽車に乗るだろうか?　そう自問して俊太郎はかぶりを振った。お尋ね者の自分と一緒にいたら、女優で成功するという梅子の夢は再び閉ざされてしまう。それでも最後に一度だけ顔を見たかった。

「染谷!!」

すぐうしろで声がした。驚いて振り返ると、安田が猛スピードで迫っている。いつのまに荷車を切り離したのか。

逃げようと前を向くと、自転車のすぐ前に大きな石が転がっていた。あせった俊太郎はよけきれず、自転車は速度をあげたまま石に乗りあげる。

衝撃。すると大きくバウンドした拍子に自転車がバラバラになった。

「おわぁぁっ……!!」

俊太郎はなすすべもなく地面に投げだされた。

すぐに起きあがろうともがいたが、もはや精根つきはてて、身体が動かない。

そこに安田が到着した。自転車を乗り捨てると、こちらもおぼつかない足どりで俊太郎のほうへ歩いてくる。

「そ、染谷……手間かけやがって」

安田は俊太郎の胸ぐらをつかんで上体を起こすと、頭に銃を押しつけた。

俊太郎はぎゅっと目をつむる。

と、汽笛が聞こえてきた――。

目を開けて線路のほうを見ると、安田もつられて目を動かした。汽笛が大きくなって、田んぼの奥から汽車が来た。力強く真っ黒な煙を吐き出しながら北へと走っていく。

俊太郎は万感の思いで走り去る汽車を見送ると、安田に言った。

「もうええわ……。しまいにしよ。早よ殺《や》って」

撃鉄《げきてつ》の上がる音がした。俊太郎は再び静かに目を閉じた。

「あらっ」

あわてて一度撃鉄を上げ、引き金を引いた……弾が出ない。


「死ね!!」

安田は、俊太郎の頭に銃口を押しつけ、引き金を引いた……弾が出ない。

「あらっ」

あわててもう一度撃鉄を上げ、引き金を引く……なにも起きない。

「うろっ!?」

安田は困惑して何度も引き金を引いた。カチャカチャとむなしい打撃音がするばかりで、いっこうに弾は出ない。

俊太郎までが異変を察し、薄目を開けてぼんやりと安田を見ている。

「ボケ〜ッ!!」

安田はとうとうあきらめ、銃に向かって悪態をついた。

こうなったら染谷のボケは絞め殺すしかない。左手でつかんだ俊太郎の首を全力でねじふせようとした、そのとき。

「安田っ!!」

叫ぶ声が聞こえた。ぎょっとして振り返ると、木村が警官たちを引きつれて、こちらに押し寄せていた。

「クソったれが!!」

安田はわめくと俊太郎を突きとばした。拳銃を投げ捨て、田んぼのなかへ逃げる。

「止まれ!!」

木村が大声で制しても、安田は走り続けた。その背中がみるみる小さくなる。

俊太郎はしりもちをついたまま、呆然となりゆきを見守っていた。

木村は銃を取り出しながら俊太郎の近くで立ちどまり、腰を落として狙いをつけ、安田に向けて発砲した。

一町以上先を走っていた安田の左脚から小さな煙が上がったと思うと、あぜ道へくずおれた。倒れた安田めがけ警官が殺到する。

じゃりを踏む音がして、俊太郎はわれに返った。木村が拳銃をホルスターに収めながら歩いてくる。力なく頭を上げた俊太郎を、木村が静かな目で見返した。

「おまえも、年貢《ねんぐ》の納めどきやな」

木村の目をまっすぐに見て、俊太郎は軽くうなずいた。

「……はい。いつかは捕まると思てました」

「活動写真のようにはうまいことといかんな」

木村は俊太郎の肩をぽんとたたいて続けた。

「せやけど、これでしまいやない……」

そうつぶやくと、木村は芝居っけたっぷりに笑ってみせる。

「人生にもな――〝続編〟があってもええ」

俊太郎はゆっくりうなずくと、汽車が行ってしまったあたりに目を移し、そのまま空のかなたを見あげた。


医者から帰った浜本は、目を疑って立ちつくした。

青木館が見るもむざんに焼け落ちていた。

今は消防団がホースを巻いてあと片付けをしていた。集まっていた野次馬たちも三々五々引きあげるところだった。

青木と豊子は、がっくりと肩を落として館の前の電信柱に寄りかかっていた。

「気を落としなや」

「しっかりせなあかんで」

通りすぎる人々が気の毒そうに二人に声をかけるが、視線すら動かそうとしない。

三人の楽士も楽器の一部をかかえたままぼんやりと座りこんでいた。

内藤も離れたところに座り、うつろな目で焼け跡を見ていた。

茂木はいない。騒ぎにまぎれて姿をくらましたようだ。

山岡だけがいつもと変わらぬ、人を食ったような顔でうろうろと歩き回っていた。

「嵐がすぎれば晴れ間も出る。朝の来ない夜はない、ってな」

節をつけてひとりごつと、なにかを見つけ、にやりとする。ざくざくとがれきが寄せられた一角へ近づいた。

「どうだっ！」

真っ黒な一升瓶の頭が突きでているのへ手を伸ばし、一気に引きぬく。瓶は下半分が失われていた。山岡は舌打ちして割れ瓶を捨てると、またがれきに目をこらす。この期におよんで、まだ酒を探しているようだ。

浜本は映写室のあったあたりに立った。

ふと見ると映写機のクランクが焼け残っている。金属製のクランクは真っ黒にこげつき、ゆがんでいた。浜本はそれを拾い、回すしぐさをしてみた。とたんにこみあげるものがあって、あわてて遠くへ投げる。

するとクランクは、なにか硬いものとぶつかる音をたてた。なんとなしに目をやって、浜本は目をみはった。浜本秘蔵のフィルム缶が転がっていたのだ。あわてて駆け寄り、がれきのなかから掘りだした。

こいつだけは無事やったか。

喜びいさんでふたを開けて――浜本は腰を抜かした。中にぎっしりと札束が詰まっていた。

「あああぁ⁉」

言葉にならない声をあげる浜本のもとに、青木館の面々が集まってきた。ごくりと唾をのみこみ、ほうけたように札束を見つめる。

「豊子……これって……」

青木が沈黙を破った。白日夢でも見ているような顔をすると、はっと目を輝かせる。

「まさか隠し金か⁉」

豊子は呆然と首を横に振りかけて――突然、確信に満ちた顔でぽんと手を打った。

「いや……待って！　聞いたことある。遠いご先祖様が商売で大儲《おおもう》けして、ひと財産つくったって――きっとこれはその隠し財産よ！　あたしのお金よ‼」

きっぱりと断言する。

「そうか！　天はわれらを見捨てなかったんだ！　豊子ぉ‼」

「あんた〜っ！」

青木と豊子はひしと抱きあい感涙にむせんだ。

俺の缶なんやけど……ま、ええか。

浜本は苦笑して、手についたすすを払った。

見ていた桜島と古川は、そっと目を見かわした。

「本当かいな……」

「どう見ても、今の紙幣だよなぁ……」

二人の会話を聞いて、徳田は思わずつぶやいていた。

「……嘘やん。ほんまはわしの金やないか」

肩を落とすと、二人がのぞきこむ。

「またそげなでまかせば言うて」

桜島が鼻で笑う。古川はなだめるように「まあまあ」と桜島の肩をたたいた。

「なんにしても、あれだけありゃ安泰だな」

古川がほっとした顔をする。徳田はため息をひとつつくと頭を振った。

一時《いちじ》の夢か――。

ふと気がつくと、山岡がそっと人の輪を抜けようとしていた。その口もとにはかすかに笑みが浮かんでいる。

通りへ出ると、山岡はそのまま駅の方向へ歩きはじめた。青木がそれに気づき、山岡に声をかける。

「どこ行くんです？　山岡先生!!」

「さぁて――、そいつは言わぬが花の吉野山」

山岡は振り返らなかった。

二川の予想どおり、『無頼漢《ならずもの》』の撮影現場では、町娘を演じる沢井松子に注目が集まった。映画が公開される秋には、華々しく世間の脚光を浴びるかもしれない……多くの映画関係者がそんな予測を口にした。

『無頼漢』は公開時には、検閲によって『雄呂血《おろち》』と題名を変えるのだが、それはまだ先の話である。


久々の撮休《さつきゆう》に、梅子は汽車を乗りついで奈良県にある帰山《かえりやま》刑務所を訪ねた。もちろんお忍びである。

新緑にいだかれた刑務所の外観は、想像よりも恐ろしくなかった。安心して中に入ると、梅子は面会手続きをとった。

それから半時間ほど、梅子は面会室で待たされている。少し前に、応対してくれた看守から思いがけない話を聞いていた。

開いた窓からは、鉄格子をすり抜けてさわやかな風が入ってくる。仕立ておろしのドレスの襟《えり》もとを少しくつろげると風が汗をかわかし、梅子はここちよさに目を細めた。

風と一緒に階下の囚人房の声が入ってくる――。

〈花のパリーかロンドンか、月が泣いたかホトトギス……。今やパリー市民を恐怖のどん底へ追いこむ、風のごとき怪盗団。現場に残るはZの一字。Zとははたしてなにか。ここに名探偵ポーリン現れまして、Zの謎をば解かんとす！〉

目当ての人は、看守に請《こ》われると活弁を披露するのだという。そして活弁が始まると囚人たちはみな、心静かに聞き入るのだと……。

ここの規則によると囚人は皆、頭を丸めるらしい。

どんな顔して活弁やってんやろ……。

想像してくすりと笑う。

〈今や画面は黒暗々《こくあんあん》、ここはいずこぞ、草木も眠る丑三《うしみ》つ時《どき》。おりしもピカリピカリと闇を照らす異様な光。大蛇の目玉か、さにあらず。これぞ人類苦心の大発明、懐中電灯であった〉

面会室のすみには小さな事務机があって、看守のひとりが机に向かっていた。看守も梅子と同じく、階下からの声にうっとりと耳を傾けている。

〈闇にまぎれてしのび寄る怪しげなる影、抜き足、差し足、しのび足。ああ恐ろしや、これぞ希代の大悪漢、怪盗ジゴマであった……〉

事務机の上に映画雑誌が開いてある。看守の私物のようだ。のぞくともなしに見ると、青木館の再建工事が急ピッチで始まったという記事が載っていた。建設中の青木館をバックに、青木と豊子がふてぶてしい笑みを浮かべる写真が見える。梅子はまたほほ笑んだ。

四人の語りは佳境を迎えていた。

〈「ジゴマ待てーっ！」

しかしジゴマはそんな愚《おろ》かではない。追手をふりきり電光石火。

「さても間抜けな追手ども、今宵《こよい》も万事逃げおおせたわ」

悪漢ジゴマ、ほくそ笑んで立ち去らんとしたそのときに、いずこより現れたか可憐《かれん》な花一輪、ルイーズ嬢が立ちはだかる。これにはさしものジゴマもびっくり仰天――。

「これはお嬢さん、かような場所でお会いするとは数奇な運命だ」

「いいえ、あなたを探して、この街をさまよっていたのです」

ルイーズ嬢は、やにわにふところよりナイフを取り出すと――。

「私はあなたを愛してしまったのです。なりがたき愛ゆえに、あなたを殺して私も死にます」

「なんと。この私とともに死なんがために、花の都パリーからまいったのか」〉

「パリやあらへん。京都からや」

梅子はぽつりとつぶやいた。

〈「どうやらわが命運も尽きたようだ……そのナイフでひと思いにやるがいい」

ジゴマはルイーズに告げるやナイフをおのが胸にあて、やおらルイーズをひしと抱きしめたのであった――〉

梅子は窓に目をやった。

「ほんま、殺したいほど憎いわ……忘れよ思ても忘れられへんやんか」

その目に涙が光る。


俊太郎は独居房に正座し、壁に貼ったチラシを見つめて一心に語った。

〈かくて希代の大悪漢、怪盗ジゴマ。死の淵《ふち》にのぞみて人心復《じんしんふく》することになろうとは……。悪しき者、必ずしも真の悪人にあらず。また善なる者、必ずしも真の善人にあらず。

『怪盗ジゴマの最後』、これにて全巻の終了であります〉

語り終わると俊太郎は目を閉じ、坊主頭を静かに下げた。

近くの雑居房から盛大な拍手が聞こえてくる。

「いやぁ、よかった」

じっと外で聞いていた看守が、鼻をすすりながら言う。

「しかし弁士ってのはたいしたもんだな。画《え》が映ってないのに、目の前に浮かんでくるんだ」

「そりゃ、どうも……」

俊太郎は視線を上げた。破れかけ、しわくちゃになった国定忠治のチラシを見て、ふっと笑う。

独居房に別の看守が近づいてくると、監視窓から俊太郎をうかがった。

「染谷、おまえに面会したいっちゅう人が来てたぞ」

「面会ですか?」

「あぁ。……女優にしてもええくらいの別嬪《べっぴん》さんやったわ」

心臓が小さくはねた。

「――けど、もうええ、ちゅうて帰っていった」

看守は左右を見て、声を落とす。

「これをわたしてほしいって頼まれてな」

ハンカチに包まれたものを監視窓に近づけた。

「規則には反するんやが――」

そう言うと看守は同僚と顔を見あわせる。年長の看守がうなずいた。

「まぁいいだろ、特別だ。その代わりまた頼むぞ。ほら、受けとれ」

俊太郎は立ちあがって、ハンカチに包まれたものを差し入れ口から受けとった。

「木戸銭の代わりや、言うとったわ」

「ほう、そりゃ変わった娘だな」

看守たちは笑いながら去っていった。やがてその足音も消える。

ハンカチを広げると、中からキャラメルの箱が出てきた。

じっと見つめた。キャラメルの箱に梅子の顔が浮かぶ。梅子は、たしかに笑っていた。

巻末対談

楽しさと活気あふれる『カツベン！』たちの物語

周防正行×片島章三

カツベンに出会って20年

片島　気恥ずかしい限りですね、構想二十年なんて言われると。でも、そういう企画ってありますよね？

周防　僕も『舞妓はレディ』は二十年かかりました。『Shall we ダンス？』よりも前の企画でしたから。

片島　もともと、僕はチャップリンなどの無声映画が好きで、興味を持っていたんですけど、ある日、たまたま見たテレビ番組で、活動弁士のことを紹介していたんですね。番組のなかの一コーナーだったと思うんですが、無声映画の時代には、登場する人物の台詞《せりふ》に声をあてたり、物語を説明したりする活動弁士という人たちがいた、という話で。当時、彼らは映画監督やスター俳優よりも人気があって、お客さんたちも活動弁士を見るために劇場に足を運んでいたなんて、全然知らなかった。映画『カツベン！』でも描いたように、弁士たちは独自にストーリーをつくってしゃべっていたし、さらには、自分たちがしゃべりやすいように編集を変えさせるなんてこともあったらしい。となると、最終的に映画をつくっていたのは活動弁士なのかと思っちゃって、がぜん興味が湧きました。それが、この物語のきっかけですね。

でも、すでに一九九〇年代の後半でしたから、さすがにもう活動弁士つきの上映なんてやってないだろうなと思っていたら、鶯谷駅のすぐそばに「東京キネマ倶楽部」というキャバレーを改造した劇場があって、そこでやっていたんです。それで観にいってみたらほとんどお客さんもいなくて、半年後ぐらいにはこの映画館もなくなってしまうんですが（＊「東京キネマ倶楽部」は、今もイベントスペースとしては営業中）。

周防　へーえ。でも、そこから、この映画のストーリーラインをいったいどうやって組み立てたの？

片島　戦後に大人気だったラジオドラマの『君の名は』が始まる時間になると、銭湯から人が消えた、なんてエピソードがありますよね。おそらく昔の活動写真って、それ以上の娯楽だったはずで、地方の村々に行って興行したら、それこそ村中の人たちがそこに集まってきて、村は空っぽになっていたんだろうなと思ったんです。

周防　じゃあ、子どもが憧れて活動弁士になるという大まかな筋は、最初からあったんですね。

片島　はい。でも、「活動弁士に憧れた少年が、大きくなって、活動弁士になりました」では、あまりにもストレートすぎますから（笑）。紆余曲折があって、どうやってゴールにもっていければいいか考えていたときに、主人公が最初、ニセ興行師によって泥棒の一味にさせられて、そこから更生していくという話であれば、ドラマになるかなと。それを思いついたのも、もう十五年ぐらい前ですけど。

周防　『舞妓はレディ』を撮っているとき、片島さんから「こんな脚本書いたんですけど、読んでもらえますか」と言われて、読ませてもらったら、これがすごくおもしろかった。何がおもしろいと感じたかというと、活動弁士の存在自体も、もちろん面白いんですけど、物語全体がまるで「活動写真」のようになっている。つまり、あの時代のアクション映画の味わいがあったんです。この物語自体が、活動写真的な魅力に溢れていて、しかも活動弁士の仕事ぶりや、当時の映画館に集う人々の息遣いもちゃんと伝わってくる。

　それからしばらくして、プロデューサーから、「周防さん、監督しませんか」と言われて、映画の準備が始まったんですけど。

片島　それが、五、六年前ですね。

サイレント映画は「無音《サイレント》」ではなかった

周防　僕はほかの人のシナリオで撮るのは初めてで、時代劇も初めてなんです。それでつらつらと考えていると、はたと気づいたことがあった。
　僕もサイレント映画は学生時代、結構観てはいるんです。でも、片島さんとは違って、勉強のためにという意識だったんですよね。「映画を撮るには、活動写真時代、つまり台詞のないなか、動きでどう伝えるかを知ることが大事だ」と言われて、フィルムセンター（現・国立映画アーカイブ）などに通って。
　でも、そこには活動弁士はいないし、もちろん楽士たちの演奏もない。サイレント映画なんだから、サイレントで観るのが当たり前というか、それこそが正しいサイレント映画の見方だと信じていたわけです。ようするに活動弁士をなかったものにしていた。
　それから数十年経って、片島さんのシナリオをちゃんと読んで、待てよ、と。明治のおしまいから大正、昭和のはじめにかけて、サイレント映画をサイレントのままで観ていた人なんて、この世にいなかったんだ、ということに気づいたんです。
片島　観客の歓声や、かけ声、野次なんかもあって、にぎやかだったでしょうね。
周防　うん、そういうものだったんだと。で、僕にとってさらに衝撃だったのは、小津《おづ》安二郎《やすじろう》も溝口健二《みぞぐちけんじ》も「スクリーンの横に人が立って自分の映画を勝手に解説される」という状況のなかで映画を撮りつづけていた、ということ。となると、小津さんや溝口さんはサイレント時代、いったいどんなことを考えながら撮っていたんだろう……と考えたら、ますますおもしろくなってしまって。
　この小説でも触れられていますが、大正中期に「純映画劇運動」というのが起きているんです。「活動弁士がいるから、日本の映画技術は発展しないんだ」という批判があった。どんな画《え》でも、語りでおもしろくできてしまうから、お客さんは喜んでしまう。欧米のように、どういうアングルから撮影して、どうやって編集して、どういう動きで演じればこの登場人物の感情が伝わるか……と深く追求することがない。それで技術が進歩しないんだ、という批判が起こった。
片島　日本映画は欧米を模範にしなければと、帰山教正《かえりやまのりまさ》ら若い映画人がこの運動を提唱しています。当時はまだ歌舞伎の影響も強く、映画でも女の役はすべて男が演じていたのが、この運動を契機に、やがて日本映画でも女優が起用されるようになっていくんですが。
周防　活動弁士は、インテリ層からは長らく、マイナスの存在と見られていたかもしれないけれど、実際、トーキーがどっと押し寄せてくるまで、大衆はカツベンを支持していた。そう考えると、活動弁士がいたことは、プラスとかマイナスとかではなく、日本人は語りとともにしか、活動写真を受け入れられなかったんじゃないか。そんなふうに思ったんです。

日本には語り芸がいっぱいありますからね。古くは平家物語の琵琶《びわ》法師に始まって、浄瑠璃、落語、講談、浪曲もある。紙芝居だって絵を語りで見せている。そういうなかで新しい映像文化に出会った日本人が、活動写真を受け入れるときに、語り、すなわちカツベンつきの上映スタイルになっていったのは、そうせざるを得なかったというか、それが必然だったんだろう、自然なことだったんだろうと。

だとすると、その後の日本映画の発展を考えても、小津、溝口、黒澤《くろさわ》といった巨匠たちにも、活動写真の影響が何らかの爪痕を残しているんじゃないか。日本映画に活動弁士がいたからこそできあがったスタイル、というのもあるはずですよね。

実際、そういう研究もされ始めています。最近では、ポール・アンドラという日本文学の研究者が著した『黒澤明《あきら》の羅生門――フィルムに籠めた告白と鎮魂』（新潮社、二〇一九年）という本で、黒澤明と活動弁士であった兄、そしてサイレント映画の影響についても触れているんです。たとえば、お白洲で巫女が出てきて口寄せする場面。あそこで、巫女本人の声ではなく、侍役の森雅之《もりまさゆき》の声になるじゃないですか。ああいうところに、活動弁士の影響を指摘していたり。

片島　おもしろいですね。考えてみると、アメリカで『ジャズ・シンガー』という初めてのトーキー映画ができたのが、一九二七（昭和二）年。欧米はそこから一気にトーキーになっていくわけですが、同じ年に日本では、『忠次旅日記』という、無声映画の金字塔といわれる作品ができているんですよね。日本は無声映画の絶頂期で、片やアメリカではトーキーができているのは、なるほどなあと。

個性あふれる今昔の活動弁士たち

片島　物語には、個性あふれる活動弁士たちが登場します。その指導役は、日本の活動弁士を代表する中堅のお二人にお願いしたんですよね。

周防　ええ。タイプの異なるお二人にお願いしました。語りというのは、他の日本の伝統芸と同じように、師匠から弟子へと継承されていく芸なので、登場人物のキャラクターによって、指導者を変えたほうがいいのでは、と考えたんです。基本的なしゃべりのリズムというのは、ひとりのなかで、そうそう変えられるものじゃないので。

成田凌《なりたりょう》さん演じる主人公・俊太郎の指導は、坂本頼光《さかもとらいこう》さんにお願いしました。カツベン界の異端派というか、〈笑い〉のセンスも独特で、演芸界でも異彩を放っている方なんですけど。

片島　なんていうか、根っからの芸人さんみたいな方ですね（笑）。

周防　ええ。成田さんのやんちゃな雰囲気のキャラクターには、頼光さんのような師匠がピッタリだと思って。一方、高良健吾《こうらけんご》さん演じるライバル弁士の指導は、正統派の、って言っていいのかどうか分かりませんが、澤登翠《さわとみどり》さんのお弟子さんである片岡一郎《かたおかいちろう》さんにお願いしました。
片島　片岡さんは、映画史を学んだり、無声映画時代の資料を蒐集したりと、研究熱心な理論派。本当に対極のお二人でしたね。ただ、指導にはずいぶんとご苦労もあったようで。頼光さんは芸人タイプのように見えて、実は胃薬を飲みながらの毎日だったとか。
周防　「自分は教えられる器じゃない」と言ってね。成田さんは、分からないところを具体的に細かく聞いてくるんだけど、頼光さんは、スッと来たらカーンと打てばいいみたいな、長嶋茂雄《ながしましげお》みたいな天才肌コーチで（笑）。
片島　主演に成田さんをキャスティングしたのは、監督のなかで、ここだという何かがあったんですか？　初顔合わせだったか、成田さんが活動弁士の台詞のさわりをしゃべるのを聴いたときに内心、うまく弁士を演じられるのかなあと思ったんです。でも、いざカツベンのシーンを撮る段になって聴いたら、抜群にうまくなっていて、本当に驚きました。俊太郎になりきっていた。
周防　僕の映画って、役者が訓練しなければならないものが多いんですよ。でも、役者さんに預けると、彼らがちゃんと身につけてくれることが経験的に分かっているので、信頼しちゃっているんです。
　だから、今回のキャスティングのポイントは、「主人公として僕が好きになれそうかどうか」でした。オーディションでたくさんの若者に会って、おもしろい役者さんもいっぱいいましたけど、この映画の主人公として僕が好きになれそうなのは、成田さんでした。少しだけ迷ったのは、背が高すぎるという点でしたけど、そこは片島さんにカバーしてもらってね。

片島　竹中直人さん演じる館主が主人公に初めて会う場面で、「電信柱みたいな背ぇしやがって」っていう台詞を、急きょ入れさせてもらったんです。

周防　反対に、僕が無理を言って、加えてもらったシーンもありましたね。活動弁士自身が「映画を説明する」という自分の仕事に迷いを感じていて、その心情を吐露する場面を入れてほしい、とお願いしたんです。

片島　主人公が憧れる、山岡秋聲という弁士の台詞ですね。あのキャラクターは、話芸の神様と呼ばれた徳川夢声をモデルに考えました。有名な弁士ですが、実は大酒飲みで、舞台上で寝ていることもあったなんていう逸話も残っている人物です。映画を邪魔するような無駄な説明を嫌い、後年あまりしゃべらなくなったらしくて。

監督の意見で加えた、「映画ってやつはなぁ、もうそれだけでできあがってる」という山岡の台詞も、徳川夢声が実際に書き残していた言葉から使わせてもらいました。

劇中の無声映画は〝新作〟として撮り直した

周防　今回、劇中で活動弁士たちが声をあてる無声映画は、すべて新たに撮影し直したものなんです。何本かは35ミリのモノクロフィルムで撮りました。大正期にヒットした『金色夜叉』や『国定忠治』、洋画だと『椿姫』といった歴史に残る六つの名作を、元の映画のシーンを忠実に再現したり、当時の撮影技術を念頭に撮り直しました。『火車お千』や『南方のロマンス』のように、当時の映画から着想を得てオリジナルを撮ったものもあります。

片島　そのオリジナルストーリーを考えるのが結構つらくてですね（笑）。最初の脚本の段階では、劇中映画のストーリーまで書いちゃいなかったので、具体的に映画が動きはじめてから考えていったんですが……。とくに、物語の最後に出てくる「つぎはぎ映画」。この小説版を読んでくださった方にはお分かりいただけると思いますが、あれは非常に大変で。監督からもいっぱいダメ出しされましたし（笑）。

周防　えっ、俺、ダメ出しなんてしたかな？

片島　……されたような気がしますね（笑）。

周防　まあ、今回そこまでして劇中映画に力を入れたのは、百年前のリアルな大正時代をつくりたかったからなんです。あの頃は映画というものが生まれたばかりだから、上映されるフィルムは傷もなくピカピカのはず。でも今、現存する劣化したフィルムをそのまま使ったら、活動弁士が百年前のフィルムを説明しているように見えてしまう。それは避けたかった。

ただし、フィルムにはあえて少し傷を入れています。なぜなら、その頃すでにいろんな映画館を回っていたような名作には傷も多少は入っていたに違いない。傷のつけ方も四パターンぐらい変えているんですが、新しく撮り直したほうがそういった後処理もやりやすい。洋画と邦画でちょっと質感を変えて……といったディテールまで表現できますしね。

なぜ「大正十四年」だったのか？

片島　〝目玉の松ちゃん〟が登場する『怪猫伝』の撮影も、本当に楽しかったですね。元ネタは『怪鼠伝《かいそでん》』という、とくになんていうこともない忍術ものの作品なんですが、今のＣＧ全盛の世の中ではありえないようなアナログさで。

周防　ポンと煙が出て人が瞬間で出たり消えたり、動物に化けたりね。日本映画の父と謳《うた》われる牧野省三さんの作品で、主演の尾上松之助とのコンビが一世を風靡《ふうび》しました。

人が突然消える演出を牧野さんが思いついたのは、実はまったくの偶然だったとか。当時は撮影中にフィルムが終わると、同じ画を続けたければ、フィルムを交換するまで役者さんにずっと同じ格好のまま静止していてもらわなきゃならなかったんです。でも、あるとき、フィルムチェンジの間に、ある役者さんが持ち場を離れて、おしっこしに行っちゃった。それに気づかず、牧野さんは役者さんが戻ってくる前にフィルムを回しはじめてしまった。で、あとでフィルムをつなげてみたら、今までいた人が突然消えていたわけです。

それを失敗ではなく、おもしろいと考えた牧野さんは、それならと、今度は意図的にフィルムを止めて人を消したり、その逆にカメラを止めて、新たに人を入れると同時に煙を出してフィルムを回した。つまり忍者のトリックを発明したわけです。

片島　今回、我々も現場でまったく同じことをしましたね。

周防　そんなふうにして、世界中の映画人がさまざまなテクニックを発見していったんですね。被写体を画面いっぱい大写しにするクロースアップも、リリアン・ギッシュという女優さんがあまりにも美しすぎて、カメラマンが思わずカメラをもったまま近づいてしまったのが起源だ、なんていう説もある。さすがに僕も、これはちょっと眉唾じゃないかと思っているんだけど、でもそれぐらい、人の気持ちとテクニックはつながっているんです。

片島　過去の名作を〝撮り直す〟のは楽しかったんですが、今回、ひとつだけ現存するフィルムをそのまま使ったものがあります。それはエンドクレジットで流れる『雄呂《おろ》血《ち》』。実は『カツベン！』の時代設定を大正十四年にしたのは、『雄呂血』を意識してのことなんです。

この映画は剣戟《けんげき》ブームを巻き起こした記念碑的作品で、一人斬るごとに見得を切る、それまでの歌舞伎調の立ちまわりからアクションへと、大きくスタイルが一新しています。このエポックメイキングな作品が生まれた時代を舞台に、世の中が移り変わっていくさまを描きたかったんです。創作だけでなく実在の情報を入れることで、リアルな時代感を映画に反映させたくて。

そしてカツベンは現代に続く

周防　活動弁士は、実は時代を超えて現代の映像表現にまで影響を与えているんです。映画の冒頭シーンに、スクリーン横に大人から子どもまで何人も並んで、それぞれの声でかけあいをする「声色《こわいろ》活動弁士」が出てくるんですけど、あの情景を見ると、そうか、活弁は声優の起源でもあったんだ、と思いますよね。それから、テレビの実況中継なんかもそう。古舘伊知郎《ふるたちいちろう》さんのプロレス実況なんて、まさに、カツベンそのものじゃないですか。

片島　まさにカツベンは「映画の実況中継」ですよね。

周防　僕は、カツベンは日本の語り芸の延長だと思っていますが、こうした語り芸がどれだけ多くの映像表現のなかで使われているか。さらには、映画監督の存在そのものについて考えられたことも、非常におもしろい経験でした。それはたぶん、片島さんという、他の人の発想で始まっているがゆえに、というところもあると思います。

あとはやはり、この物語自体が活動写真的な魅力にあふれている、というところに尽きるでしょうね。サイレントの時代に、チャップリンやキートンがなぜあんな動きをしていたかというと、音がなく、動きがすべてだったから。だからこそ、ただ歩くだけでおもしろがらせたくて、チャップリンはあんなふうに歩いていた。ただ逃げているだけじゃつまらないから、キートンはあんな過激なことをしていたわけです。今回の『カツベン！』も、動きで魅せてくれる活動写真のもつ楽しさ、エネルギーにあふれた脚本だと思ったので、そこは意識して撮りました。

片島　小説版を読んで、映画を観て、そのエネルギーに触れてほしいですね。この小説には、映画で弁士たちが語った台詞が入っていますから、よかったら実際に声に出してみていただきたいんです。『カツベン！』の世界をより深く楽しめると思います。

あと、この小説版や映画をきっかけに、皆さんも一度はぜひ本物のカツベンを聴きに行ってみてください。今も活動弁士として現役でやっていらっしゃる方も数十人いらっしゃいますから。語る人によって話の味わいが変わるおもしろさを、ぜひ体験していただきたいですね。

（すお　まさゆき／映画監督 × かたしま　しょうぞう／演出家・脚本家）

七色の声を持つ男

製作：村松秀信　木下直哉　亀山慶二　水野道訓　藤田浩幸
間宮登良松　宮崎伸夫　小形雄二
企画：桝井省志
エグゼクティブプロデューサー：佐々木基
プロデューサー：天野和人　土本貴生
アソシエイトプロデューサー：八木征志　堀川慎太郎
キャスティングプロデューサー：福岡康裕
撮影：藤澤順一（JSC）
照明：長田達也
美術：磯田典宏
装飾：平井浩一
録音：郡　弘道
編集：菊池純一
記録：松澤一美
助監督：金田　健
VFXスーパーバイザー：野口光一
タイトルデザイン：赤松陽構造
アシスタントプロデューサー：吉野圭一
プロデューサー補：島根　淳
宣伝プロデューサー：寺嶋将吾
活動弁士監修：澤登　翠
活動弁士指導：片岡一郎　坂本頼光
特別協力：マツダ映画社
企画・製作プロダクション：アルタミラピクチャーズ
製作協力：東映東京撮影所
配給：東映
「カツベン！」製作委員会：東映　木下グループ
テレビ朝日　ソニー・ミュージックエンタテインメント
電通　東映ビデオ　朝日新聞社　アルタミラピクチャーズ

www.katsuben.jp

カツベン！

CAST

染谷俊太郎（国定天聲）……………………………成田　凌
栗原梅子（沢井松子）………………………………黒島結菜
山岡秋聲　　活動弁士………………………………永瀬正敏
茂木貴之　　活動弁士………………………………高良健吾
安田虎夫　　泥棒一味のボス………………………音尾琢真
徳田定夫　　楽士（三味線担当）…………………徳井　優
桜島金造　　楽士（和太鼓担当）…………………田口浩正
古川耕吉　　楽士（クラリネット担当）…………正名僕蔵
浜本祐介　　映写技師………………………………成　河
内藤四郎　　活動弁士………………………………森田甘路
梅子の母親……………………………………………酒井美紀
牧野省三　　映画監督………………………………山本耕史
二川文太郎　映画監督………………………………池松壮亮
青木富夫　　青木館の館主…………………………竹中直人
青木豊子　　青木の妻………………………………渡辺えり
橘　琴江　　重蔵の娘………………………………井上真央
橘　重蔵　　橘興業の社長…………………………小日向文世
木村忠義　　警官／後に刑事………………………竹野内豊

STAFF

監督：周防正行
脚本・監督補：片島章三
音楽：周防義和
エンディング曲：奥田民生「カツベン節」

カツベン！　朝日文庫

2019年11月30日　第1刷発行

著　者　片《かた》島《しま》章《しよう》三《ぞう》

発行者　三宮博信
発行所　朝日新聞出版
〒104-8011　東京都中央区築地5-3-2
電話　03-5541-8832（編集）
03-5540-7793（販売）
印刷製本　大日本印刷株式会社

Published in Japan by Asahi Shimbun Publications Inc.
定価はカバーに表示してあります

ISBN978-4-02-261993-8
落丁・乱丁の場合は弊社業務部（電話 03-5540-7800）へご連絡ください。
送料弊社負担にてお取り替えいたします。

原作・芦村　朋子／脚本・山本　むつみ／ノベライズ・五十嵐　佳子

いつまた、君と
～何日君再来《ホーリージュンザイライ》～

俳優・向井理の祖母の手記を映像化した珠玉のラブストーリーを完全ベライズ！　戦後の日本、貧しくも懸命に生きた家族の愛の実話。

五十嵐　佳子

小説　あの日のオルガン

太平洋戦争末期、東京・品川から埼玉・蓮田へ。園児五三人を連れて疎開保育園を実行した保母たちの奮闘を描く、実話を基にした感動作。

小林　雄次

モリのいる場所

文句はあるけど、いつまでも二人で。九四歳の画家熊谷守一（モリ）と妻・秀子を取り巻く、ある夏の一日を描いた映画『モリのいる場所』の小説版。

貴田　庄

原節子物語
若き日々

大戦前の激動する世界で女優に目覚める原節子の、最初の二一年間を丹念に描く。デビューから、日独合作映画の主役、欧米への旅立ちと、帰国まで。

小林　信彦

アメリカと戦いながら日本映画を観た

戦時下を少年がどのように過ごし、感じ、そして敗戦を迎えたかを、当時の映画と共に克明につづる私的ドキュメント。

《解説・芝山幹郎》

沢木　耕太郎

銀の森へ

『グリーンマイル』『メゾン・ド・ヒミコ』『父親たちの星条旗』などの映画評から始まるエッセイ集・前編。

《解説・石飛徳樹》